chłopak

babcia

Superwiedźma

państwo
Jenkinsowie

Bruno
Jenkins

pan
Stringer

RO

Wie...y

Tłumaczył Jerzy Łoziński

Ilustrował Quentin Blake

ZYSK I S-KA
WYDAWNICTWO

Więcej informacji
o Roaldzie Dahlu
znajdziesz na stronie
www.roalddahl.com

4 1426862 1

Tytuł oryginału
The Witches

Text copyright © 1983 by the Roald Dahl Nominee Ltd
Copyright © 2003 for the Polish translation by Zysk i S-ka
Wydawnictwo s.j., Poznań

Redaktor
Hanna Koźmińska

Wydanie I

ISBN 83-7298-294-5

Zysk i S-ka Wydawnictwo
ul. Wielka 10, 61-774 Poznań
tel.(0-61) 853 27 51, 853 27 67, fax 852 63 26
Dział handlowy, tel./fax (0-61) 855 06 90
sklep@zysk.com.pl
www.zysk.com.pl

Druk i oprawa: ABEDIK Poznań

Dla Liccy

Uwaga na temat wiedźm

W bajkach wiedźmy zawsze noszą beznadziejne czarne kapelusze i czarne płaszcze, a jeżdżą na miotłach.

To jednak nie jest żadna bajka, ale opowieść o PRAWDZIWYCH WIEDŹMACH. Posłuchajcie uważnie i zapamiętajcie sobie raz na zawsze:

PRAWDZIWE WIEDŹMY ubierają się normalnie i wyglądają jak najnormalniejsze kobiety. Żyją w normalnych domach i chodzą do NORMALNEJ PRACY.

Właśnie dlatego tak trudno je złapać.

PRAWDZIWA WIEDŹMA dyszy tak gorącą nienawiścią do dzieci, że bardziej gorącej nienawiści nie możecie sobie wyobrazić.

PRAWDZIWA WIEDŹMA przez cały czas myśli tylko o tym, jak pozbyć się dzieci ze swego terytorium. Jej pasją jest dopadanie ich, jednego po drugim. Przez całe dnie nie myśli o niczym innym. Nawet jeśli pracuje jako kasjerka w sklepie, sekretarka czy jeździ samochodem oklejonym reklamami (a wszystko to może robić), głowę ma tak pełną intryg i podstępów, że aż się w niej gotuje, kotłuje, skwierczy i syczy od morderczych, krwawych myśli.

— Na które dziecko — powtarza sobie jak dzień długi — na które dziecko teraz pora?

Dla PRAWDZIWEJ WIEDŹMY rozprawienie się z dzieckiem to taka sama przyjemność jak dla was salaterka truskawek ze śmietaną.

Ma nadzieję, że uda jej się dopaść co najmniej jedno dziecko na tydzień. Jest wściekła, jeśli zamiar jej się nie powiedzie.

Jedno dziecko tygodniowo to pięćdziesiąt dwa rocznie.

Zadręcz je, umęcz je, żeby się wyniosły.

Oto hasło wszystkich wiedźm.

Ofiara jest dobierana bardzo starannie. Potem wiedźma skrada się za upatrzonym dzieckiem niczym myśliwy podkradający się do kuropatwy. Stąpa cicho i zwinnie, jest coraz bliżej i bliżej... A kiedy wszystko jest już gotowe... *fuuuh!...* ska-

cze! Lecą iskry, buchają płomienie, wrze olej, szczury piszczą, skóra cierpnie. I dziecko znika.

Zrozummy się dobrze — wiedźma nie wali dziecka pałką w głowę ani nie przebija nożem, ani nie strzela do niego z rewolweru. Tych, którzy robią coś takiego, łapie policja.

Wiedźmy nikt nigdy nie złapie. Pamiętajcie, że całą magię ma w małym paluszku, a w jej krwi tańczą diabliki. Potrafi zmusić kamienie, żeby skakały niczym żaby. Umie sprawić, żeby płomienie śmigały po wodzie — to dla niej betka.

Te magiczne umiejętności są przerażające.

Na szczęście niewiele jest już PRAWDZIWYCH WIEDŹM, ale wystarczy, żebyście nie czuli się całkiem spokojnie. W całej Anglii jest ich w sumie chyba setka, w innych krajach czasami więcej, czasami mniej. Nie ma jednak ani jednego kraju, gdzie nie byłoby w ogóle żadnej WIEDŹMY.

Wiedźma zawsze jest kobietą.

Ani myślę źle mówić o kobietach, w większości są cudowne i kochane, ale fakt pozostaje faktem, że wszystkie wiedźmy to kobiety. Nie ma tu żadnego mężczyzny.

Z drugiej strony, duch zawsze jest mężczyzną. Tak samo jest z upiorem. I jeden, i drugi są groźni, ale nawet nie umywają się do PRAWDZIWEJ WIEDŹMY.

Z punktu widzenia dzieci PRAWDZIWA WIEDŹMA to z pewnością najgroźniejsza ze wszystkich żyjących istot na świecie. A podwójnie groźna jest dlatego, że wcale na taką nie wygląda. Nawet kiedy poznacie wszystkie sekrety (co stanie się już za chwilę), nigdy nie możecie być całkiem pewni, czy macie przed sobą wiedźmę czy przyjemną panią. Gdyby tygrys potrafił przybrać postać dużego psa, przyjaźnie machającego ogonem, pewnie podeszli-byście, żeby go pogłaskać. I to byłby wasz koniec. Tak samo jest z wiedźmami. Wszystkie wyglądają jak przyjemne panie.

Popatrzcie z sympatią na poniższy rysunek. Która z tych dam jest wiedźmą? To trudne pytanie, ale każde dziecko musi je sobie postawić.

Pamiętajcie, to może być wasza najbliższa sąsiadka.

Albo kobieta z błyszczącymi oczyma, która siadła dzisiaj naprzeciwko was w autobusie.

Albo ta pani, która z promiennym uśmiechem zaproponowała wam przed południem ciastko z białej torebki.

To może być nawet — uwaga!!! — wasza ukochana nauczycielka, która właśnie w tej chwili czyta wam te słowa. Przyjrzyjcie się jej dokładnie. Może uśmiecha się, że to niby kompletna bzdura. Nie dajcie się uśpić. To może być część jej planu.

Wcale, rzecz jasna, nie twierdzę, że wasza nauczycielka to z pewnością wiedźma. Mówię tylko tyle, że może nią być. Zapewne nie. Ale — co lepiej nawet napisać ALE — nie jest to wykluczone.

Ach, gdyby tylko można było rozpoznać, która kobieta jest z pewnością wiedźmą, wyłapalibyśmy je wszystkie i przepuścili przez maszynkę do mięsa. Sposobu takiego jednak, niestety, nie ma. Istnieje za to wiele małych oznak, które możecie spostrzec, i drobnych zwyczajów, typowych dla wszystkich wiedźm. Kiedy tylko je poznacie i nieustannie będziecie o nich pamiętać, może żadna z wiedźm was nie dopadnie aż do chwili, gdy będziecie dużo, dużo starsi.

Moja babcia

Ja sam — zanim skończyłem osiem lat — już dwukrotnie miałem do czynienia z wiedźmami. Pierwszy raz wyszedłem z tego bez szkody, ale za drugim już mi się tak nie poszczęściło. Zapewne nie uda się wam nie krzyknąć, kiedy się dowiecie, co mi się przydarzyło, ale trudno — trzeba mówić prawdę. Jeśli na przekór wszystkiemu jestem tu i mogę wam tę historię powtórzyć (jakkolwiek dziwnie prawdopodobnie wyglądam), zawdzięczam to wyłącznie mojej cudownej babci.

Babcia była Norweżką. Norwegowie wiedzą wszystko o wiedźmach, gdyż pierwsze ich przedstawicielki pojawiły się właśnie w tamtejszych ciemnych lasach i mroźnych górach. Moi rodzice także byli Norwegami, ale ponieważ ojciec prowadził interesy w Anglii, ja tutaj się urodziłem, mieszkałem i tu poszedłem do angielskiej szkoły. Dwa razy w roku, na Boże Narodzenie i na letnie wakacje, jechaliśmy do Norwegii, aby odwiedzić babcię. O ile dobrze pamiętam, ta starsza pani, matka mojej matki, była jedyną naszą żyjącą krewną. Uwielbiałem ją. Kiedy byliśmy razem, rozmawialiśmy albo po norwesku, albo po angielsku, co nie sprawiało nam żadnych trudności. Mówiliśmy płynnie w obu językach. Muszę wyznać, że babcia była mi bliższa niż mama.

Zaraz po tym, jak skończyłem siedem lat, rodzice zabrali mnie do Norwegii, aby jak zwykle spędzić Boże Narodzenie z babcią. Był mróz, na drodze na północ od Oslo samochód, którym jechałem z rodzicami, wpadł w poślizg i zleciał do skalistego wąwozu. Rodzice zginęli. Ja, przypięty pasami na tylnym siedzeniu, wyszedłem z tego tylko z rozciętym czołem.

Nie chcę opowiadać o szczegółach tego okropnego dnia. Jeszcze dzisiaj, gdy go wspominam, dostaję dreszczy. Wylądowałem, rzecz jasna, w domu babci, gdzie przytuleni do siebie przepłakaliśmy całą noc.

— Co teraz zrobimy? — spytałem przez łzy.

— Zostaniesz ze mną. Będę się tobą opiekować — odpowiedziała.

— To nie wrócę do Anglii?

— Nie — odparła. — Tego nigdy nie zrobię. Moja dusza pójdzie do nieba, ale kości zostaną w Norwegii.

I następnego dnia chcąc, abyśmy oboje spróbowali zapomnieć o naszym wielkim smutku, babcia zaczęła mi opowiadać różne historie. Robiła to wspaniale, a ja byłem zachwycony wszystkim, co od niej usłyszałem, ale tak naprawdę wzięło mnie dopiero, gdy zaczęła mówić o wiedźmach. Widocznie była wielką ich znawczynią i podkreśliła bardzo wyraźnie, że w przeciwieństwie do innych historyjek, te w ogóle nie były zmyślone. Były jak najzupełniej prawdziwe, wydarzyły się naprawdę i lepiej, żebym wierzył we wszystko, co słyszę od niej o wiedźmach. Gorsze, i to znacznie gorsze, było to, że wiedźmy dalej są wokół nas. Poradziła mi, abym i w to wierzył.

— Rzeczywiście mówisz prawdę, babciu? Możesz przysiąc, że to najprawdziwsza prawda?

— Kochanie — odrzekła — nie pożyjesz długo na tym świecie, jeśli nie będziesz umiał rozpoznać wiedźmy, kiedy na nią trafisz.

— Ale przecież powiedziałaś, że one wyglądają zupełnie normalnie. To jak mam je poznać?

— Musisz uważnie mnie słuchać i wszystko zapamiętać. A potem już tylko możesz się przeżegnać, modlić i liczyć, że ci się uda.

Znajdowaliśmy się w salonie jej domu w Oslo,

a ja byłem już gotowy do spania. U babci nigdy nie zasłaniało się okien, widziałem więc, jak na zewnątrz, w ciemności gęstej jak smoła, spadają powoli wielkie płatki śniegu. Babcia była strasznie stara i pomarszczona, a jej masywną postać zdobiła szara koronkowa suknia. Babcia siedziała majestatycznie w fotelu, a wypełniała go tak dokładnie, że nawet myszka nie miałaby gdzie się wcisnąć. Ja, świeżo upieczony siedmiolatek, klęczałem u jej stóp, mając na sobie pidżamę, szlafrok i kapcie.

— Przysięgasz, że mnie nie nabierasz? — spytałem kilkakrotnie. — Nie nabijasz się ze mnie?

— Posłuchaj — ona na to. — Znałam co najmniej pięcioro dzieci, które po prostu znienacka zniknęły bez śladu i nikt nigdy już ich nie widział. Porwały je wiedźmy.

— Pewnie chcesz mnie tylko tak nastraszyć.

— Chodzi mi jedynie o to, aby i z tobą tak się nie stało — odparła. — Kocham cię i nie chciałabym, żebyś mi gdzieś zniknął.

— To opowiedz mi o tych dzieciach.

Nie znałem żadnej innej babci, która paliłaby cygara. Właśnie teraz zapaliła jedno, długie, czarne i śmierdzące jak tląca się guma.

— Pierwsze z tych znanych mi dzieci, które zniknęły, to Ranghild Hansen. Miała wtedy osiem lat i bawiła się ze swoją małą siostrą na trawniku. Ich mama, która w kuchni piekła chleb, wyszła na zewnątrz, żeby złapać trochę świeżego powietrza. „A gdzie Ranghild?"— spytała. „Poszła gdzieś z tą wysoką panią" — odparła siostra. „Jaką wysoką

panią?" — spytała mama. „Taką w białych rękawiczkach. Wzięła Ranghild za rękę i sobie poszły".
I odtąd — ciągnęła babcia — nikt już więcej Ranghild nie zobaczył.
— Nie szukali jej? — zdziwiłem się.
— Szukali wszędzie dookoła, pomagało całe miasto, ale nigdy jej nie znaleźli.
— A co z tymi innymi czterema?
— Zniknęły tak samo jak Ranghild.
— Ale jak, babciu, jak zniknęły?
— Za każdym razem, kiedy to się działo, dziwna pani zjawiała się koło domu.
— Ale jak dzieci znikały?
— Z drugim to była naprawdę dziwna sprawa — powiedziała babcia. — W Holmenkollen mieszkała rodzina Christiansenów. W ich pokoju gościnnym wisiał stary obraz olejny, z którego byli bardzo dumni. Nie było na nim żadnych ludzi, tylko trawiaste podwórze, na nim parę kaczek, a z tyłu dom. Był to duży, bardzo ładny obraz. Któregoś dnia ich córka Solveg wróciła ze szkoły do domu, zajadając jabłko, które — jak powiedziała — dostała od jakiejś miłej pani na ulicy. Rano małej Solveg nie było w łóżku. Rodzice na próżno szukali jej wszędzie, aż nagle ojciec krzyknął: „Tutaj jest! Nasza Solveg karmi kaczki!" Pokazywał przy tym stary obraz, a Solveg rzeczywiście tam była. Stała na podwórku i rzucała kaczkom chleb z koszyka. Ojciec podskoczył do płótna i dalejże je dotykać, stukać, ale wszystko na nic. Dziewczynka była już tylko fragmentem obrazu, namalowanym jak cała reszta.

— A ty, babciu, widziałaś kiedyś na własne oczy obraz z tą dziewczynką?

— Wiele razy. — Poważnie kiwnęła głową. — A najdziwniejsze było to, że ta mała Solveg ciągle zmieniała na nim miejsce. Jednego dnia siedziała w domu i mogłeś zobaczyć jej twarz w oknie, a drugiego była gdzieś daleko po lewej z kaczątkiem w rękach.

— A widziałaś, jak się przesuwa na tym obrazie?

— Tego nikt nigdy nie zobaczył. Gdziekolwiek była — czy na zewnątrz karmiła kaczki, czy wewnątrz za oknem — zawsze była nieruchoma, jak to na obrazie. To było bardzo dziwne. Bardzo, bardzo dziwne. A najdziwniejsze było to, że z upływem czasu także i ona się starzała. Po dziesięciu latach mała dziewczynka stała się młodą kobietą. Po trzydziestu — była w średnim wieku. A potem nagle, pięćdziesiąt cztery lata od tamtego zdarzenia, zniknęła z płótna bez śladu.

— Umarła? — zawołałem.

— Kto to wie? — odparła babcia. — W świecie wiedźm dzieją się bardzo tajemnicze rzeczy.

— To na razie dwie osoby. A co z pozostałą trójką?

— Trzecią była mała Birgit Svenson — ciągnęła babcia. — Mieszkała tutaj, dokładnie naprzeciwko nas. Pewnego dnia zaczęły jej rosnąć pióra na całym ciele, aż wreszcie zamieniła się w dużego białego kurczaka. Rodzice zbudowali dla niej specjalny wybieg i komórkę. Znosiła nawet jajka.

— Jakiego koloru? — spytałem.

— Brązowe — wyjaśniła babcia. — Nigdy w życiu nie widziałam większych. Mama robiła z nich przepyszne omlety. Były naprawdę wspaniałe.

Wpatrywałem się uważnie w babcię, która siedziała majestatycznie niczym królowa na tronie. Szare oczy miała zamglone, jakby przypatrywała się czemuś odległemu o całe mile. Tak się pogrążyła w zadumie, że rzeczywiste było tylko cygaro, z którego dym spowijał jej głowę niebieskawym obłokiem.

— Ale ta mała dziewczynka zamieniona w kurczaka nie zniknęła? — spytałem.

— Nie, Birgit nie. Przez długie lata składała swoje brązowe jajka.

— A powiedziałaś, że wszystkie zniknęły!

— Pomyliłam się — mruknęła babcia. — Starzeję się i nie wszystko już dobrze pamiętam.

— Co się stało z czwartym dzieckiem?

— Był to chłopiec, Harald. Pewnego ranka jego skóra zrobiła się brudnożółta, potem sztywna i krucha jak łupina orzecha, a do wieczora zamienił się w kamień.

— Kamień? — upewniłem się. — Prawdziwy kamień?

— Granit — dodała z powagą. — Jeśli chcesz, to pójdziemy i ci go pokażę. Dalej trzymają go w domu. Stoi w przedpokoju, taka mała kamienna statuetka. Goście opierają o niego parasole.

Byłem jeszcze mały, ale i tak nie dowierzałem wszystkiemu, co mówiła babcia. Z drugiej jednak strony robiła to z takim przekonaniem, z taką powagą na twarzy, bez jednego uśmiechu czy choćby drgnięcia powieki, że nie bardzo wiedziałem, co sądzić: prawda to czy nie?

— Mów dalej, babciu — nalegałem. — Powiedziałaś, że było ich pięcioro. Co się stało z ostatnim?

— Chcesz się zaciągnąć moim cygarem?

— Mam dopiero siedem lat, babciu.

— Nie interesuje mnie, ile masz lat — ona na to. — Chodzi o to, że jak będziesz palił cygara, nigdy się nie przeziębisz.

— A co z tym piątym, babciu?

— Numer pięć — mruknęła, żując koniec cygara, jak gdyby był to słodki lizak — to dopiero ciekawa sprawa. Dziewięcioletni Leif spędzał z rodzicami wakacje nad fiordem. Cała rodzina wygrzewała się na jednej z tych małych wysepek, skakała ze skałek i baraszkowała w wodzie. Leif skoczył, zanurkował, a ojciec zauważył, że chłopiec jakoś długo nie wypływa. Kiedy zaś wynurzył się na powierzchnię, nie był to już wcale Leif.

— A kto taki, babciu?

— Morświn.

— Nie, nieprawda! To niemożliwe!

— Młody, śliczny morświn — powtórzyła. — Bardzo zresztą łagodny i wesoły.

— Babciu! — zawołałem.

— Co takiego, kochanie?

— Dajesz słowo, że zamienił się w morświna?

— Daję słowo — odrzekła. — Dobrze znałam jego matkę. To ona opowiedziała mi o wszystkim. Mówiła, jak morświn Leif został z nimi do końca dnia i woził swoje rodzeństwo na grzbiecie. Wszyscy świetnie się bawili. A potem ochlapał ich dla zabawy, odpłynął i nigdy go już nie zobaczyli.

— No dobrze, babciu — odezwałem się po chwili. — A skąd wiedzieli, że ten morświn to ich Leif?

— Rozmawiał z nimi — wyjaśniła. — Przez cały czas zabawy żartował i śmiał się.

— I wybuchła potem jakaś wielka afera?

— Nie — skrzywiła się babcia. — Musisz pamiętać, że my tutaj, w Norwegii, przyzwyczailiśmy się do takich rzeczy. Wiedźmy są tu wszędzie. Zdaje się, że jedna mieszka teraz nawet na naszej ulicy. No, ale na ciebie już czas do łóżka.

— A żadna wiedźma nie wejdzie do mnie w nocy przez okno? — spytałem, drżąc lekko ze strachu.

— Nie. — Babcia stanowczo pokręciła głową. — Żadna wiedźma nigdy nie robi takich głupot jak wspinanie się po rynnach czy włamywanie do cudzych domów. Będziesz zupełnie bezpieczny w swoim łóżku. No chodź, przytulę cię na dobranoc i... spać.

Jak rozpoznać wiedźmę?

Następnego wieczoru po kąpieli znowu usiedliśmy z babcią w salonie.

— Dzisiaj — powiedziała — wytłumaczę ci, jak rozpoznać wiedźmę, kiedy ją spotkasz.

— A da się to zrobić na pewno?

— Nie, i w tym cała trudność. Ale przynajmniej możesz się domyślać.

Popiół z cygara opadał jej na podołek i miałem nadzieję, że zdąży mi powiedzieć, jak rozpoznać wiedźmę, zanim wybuchnie pożar.

— Po pierwsze — ciągnęła — PRAWDZIWA WIEDŹMA zawsze będzie nosiła rękawiczki.

— E tam, zawsze — obruszyłem się. — A w lecie, jak jest gorąco?

— Nawet w lecie. Po prostu musi mieć rękawiczki. A wiesz dlaczego?

— Dlaczego?

— Bo nie ma paznokci. Zamiast nich ma małe pazurki, jak kotka, i dlatego musi je chować w rękawiczkach. Tyle, że bardzo dużo zupełnie normalnych kobiet nosi rękawiczki, szczególnie w zimie, więc samo to zbytnio ci nie pomoże.

— Mama też nosiła rękawiczki — przypomniałem.

— Ale nie w domu — sprostowała babcia. — A wiedźmy muszą je mieć nawet w domu. Zdejmują je dopiero, kiedy idą spać.

— A skąd ty to wszystko wiesz, babciu? — nie wytrzymałem.

— Nie przerywaj — powiedziała surowo — tylko staraj się wszystko jak najlepiej zapamiętać. Po drugie, każda PRAWDZIWA WIEDŹMA jest łysa.

— Łysa? — zawołałem z niedowierzaniem.

— Łysa jak jajko — powtórzyła babcia.

Zamurowało mnie. Łysa kobieta to coś nie w porządku.

— A dlaczego one są łyse?

— Mnie nie pytaj, tylko dobrze to zapamiętaj, że na głowie wiedźmy nie rośnie nawet najmniejszy włosek.

— To wstrętne!

— Obrzydliwe — zgodziła się babcia.

— Ale jeśli są łyse, to łatwo je wykryć!

— Wcale nie. PRAWDZIWA WIEDŹMA zawsze ma perukę, żeby pod nią ukryć łysinę, i to perukę pierwszorzędną. A jak peruka jest pierwszorzędna, to od prawdziwych włosów możesz ją odróżnić tylko w jeden sposób — trzeba mocno pociągnąć i zerwać.

— No to będę tak robił! — oświadczyłem stanowczo.

— Nie wygłupiaj się! — skarciła mnie babcia. — Nie możesz ciągnąć za włosy każdej napotkanej pani, nawet jeśli ma rękawiczki. Zresztą spróbuj, a sam zobaczysz, co się stanie.

— Więc i z tego będzie niewielka pomoc.

— Żadna z tych oznak sama nie wystarczy — wyjaśniała dalej babcia. — Dopiero jak je połączysz, wszystko zaczyna wyglądać trochę lepiej. Widzisz, te peruki to dla wiedźm także problem.

— Jaki, babciu?

— Od każdej peruki strasznie swędzi czaszka. Rozumiesz, kiedy aktorki nakładają peruki albo gdybym zrobiła to ja czy ty, pod spodem mielibyśmy normalne włosy, ale one muszą je nakładać na samą skórę, a to uwiera i swędzi. Goła skóra pod peruką zawsze bardzo swędzi — powstają odparzenia, perukówki, jak je nazywają wiedźmy. I to je boli.

— A jakie jeszcze są oznaki? — dopytywałem się.

— Przyglądaj się uważnie dziurkom w nosie. U wiedźm są one odrobinę większe niż u innych ludzi, a ich brzegi są różowe i pokarbowane jak niektóre muszelki.

— A dlaczego mają takie wielkie dziurki w nosie?

— Bo ciągle węszą. PRAWDZIWA WIEDŹMA ma bardzo rozwinięty węch. W noc ciemną jak smoła potrafi wyczuć dziecko po drugiej stronie ulicy.

— Mnie by teraz nie wyczuła. Przed chwilą się kąpałem.

— A właśnie, że by wyczuła — oznajmiła babcia. — Im jesteś czystszy, tym łatwiej wiedźma cię wywącha.

— To nieprawda!

— Dla wiedźmy zupełnie czyściutkie dziecko strasznie cuchnie, a im brudniejsze, tym słabiej pachnie.

— Ale to bez sensu, babciu...

— Nic nie rozumiesz. One węszą nie brud, lecz ciebie. Zapach, który wprost doprowadza je do szału, to zapach twojej skóry. Rozchodzi się falami, smrodalami, jak one je nazywają, a kiedy te dotrą do nosa wiedźmy, robi się jej niedobrze.

— Zaraz, chwileczkę, babciu...

— Nie przerywaj! Chodzi o to, że jeśli nie myłeś się przez tydzień i całą skórę masz pokrytą brudem, te smrodale nie są już takie silne.

— W takim razie już nigdy się nie wykąpię.

— Bez przesady, ważne tylko, żebyś nie robił tego zbyt często — pouczyła mnie babcia. — Raz na miesiąc zupełnie wystarczy.

To w takich chwilach kochałem swoją babcię najbardziej.

— Ale jeśli noc jest ciemna jak smoła, to skąd wiedźma wie, że to dziecko, a nie dorosły?

— Ponieważ dorośli nie wysyłają smrodali. Tylko dzieci.

— Ale ja ich naprawdę nie wysyłam? — spytałem. — Na przykład w tej chwili.

— Dla mnie nie. Dla mnie pachniesz jak poziomki ze śmietaną. Ale dla wiedźmy twój zapach byłby obrzydliwy.

— A jaki?

— Jak psie siki.

Zrobiło mi się niedobrze. Patrzyłem na nią osłupiały.

— Psie siki! — zawołałem w końcu. — Ja nie śmierdzę jak psie siki! Nie, to nieprawda! Nigdy w to nie uwierzę.

— Co więcej — upierała się babcia — dla wiedźmy śmierdzisz jak świeże psie siki.

— To nie może być prawda! — krzyknąłem. —

Wiem, że wcale nie śmierdzę jak siki, ani świeże, ani stare!

— Nie ma sensu spierać się o to — powiedziała.

— To fakt.

Byłem oburzony. Po prostu nie mogłem uwierzyć w to, co mówiła babcia.

— Kiedy więc zobaczysz, że jakaś pani mijając cię na ulicy, zatyka nos, może to być wiedźma.

Postanowiłem zmienić temat.

— Powiedz, na co jeszcze zwracać uwagę.

— Na oczy. Patrz uważnie w oczy, bo u PRAW-DZIWEJ WIEDŹMY są inne niż u ciebie czy u mnie. W centrum każdego oka powinna być mała czarna dziurka. U wiedźmy będzie ona ciągle zmieniać kolor, a w środku zobaczysz tańczący ogień i lód. Od tego poczujesz dreszcze na skórze.

Babcia rozsiadła się wygodnie w fotelu i z zadowoleniem ssała koniec smrodliwego, czarnego cygara. Ja klęczałem obok i wpatrywałem się w nią zafascynowany. Nie uśmiechała się. Była strasznie poważna.

— A jest coś jeszcze? — spytałem po chwili.

— Oczywiście! — zawołała. — Wygląda mi na to, że nie zrozumiałeś dobrze, że wiedźmy nie są rzeczywiście kobietami, a tylko tak wyglądają. Mówią jak normalne kobiety, zachowują się jak one, ale naprawdę to zupełnie inne istoty. To demony w ludzkiej skórze. To właśnie dlatego mają pazurki, łyse czaszki, dziwne nosy i uszy, co jak tylko mogą, starają się ukryć przed światem.

— A co jeszcze mają innego, babciu?

— Stopy. Ich stopy są bez palców.

— Bez palców! — wykrzyknąłem. — Więc co mają?

— Mają takie kwadratowe stopy bez palców i paznokci.

— To trudno im chodzić, prawda?

— Wcale nie, ale mają kłopot z butami. Wszystkie panie lubią nosić małe, spiczaste buciki, ale wiedźma, która ma stopę dużą i kwadratową, musi się strasznie namęczyć, zanim wciśnie ją do takiego pantofla.

— To czemu nie sprawi sobie wygodnych kwadratowych butów? — zdziwiłem się.

— Boi się — odparła babcia. — Tak jak łysinę chowa pod peruką, tak musi ukrywać kwadratowe stopy, wciskając je do butów.

— To chyba strasznie niewygodne?

— Okropnie niewygodne. Ale musi to robić.

— Ale jak ma na nogach normalne buty, to po tym jej nie poznam, prawda, babciu?

— Raczej nie, chociaż jak przyjrzysz się dokładnie, zobaczysz, że odrobinkę kuleje.

— A czy one mają jeszcze coś innego, babciu?

— Tak, jeszcze jedną rzecz. Już tylko jedną.

— Co takiego?

— Niebieską ślinę.

— Niebieską ślinę?! — wykrzyknąłem. — To niemożliwe! Ślina nie może być niebieska!

— Niebieska jak jagody! — powtórzyła babcia.

— Nie, kłamiesz! Nikt nie może mieć niebieskiej śliny!

— Wiedźmy mogą.

— Taką jak atrament?

— Dokładnie taką. Zresztą używają jej do pisania. Mają takie stare pióra ze stalówkami i po prostu je liżą.

— A można zauważyć tę niebieską ślinę, bab-

ciu? Na przykład, gdybym rozmawiał
z wiedźmą, to czy zobaczyłbym?

— Jeśli będziesz się wpatrywał
bardzo uważnie, to prawdopodobnie
zauważysz, że język jest odrobinę
niebieskawy. Ale nic więcej.

— A gdyby splunęła?

— Wiedźmy nigdy nie
plują! — stanowczo oznajmiła
babcia. — Boją się.

Nie mogłem uwie-
rzyć, że babcia mo-
głaby mi aż tyle na-
kłamać. Codziennie rano
chodziła do kościoła, modliła się przed posiłkami,
a ktoś taki nie będzie przecież kłamał. Chyba musiałem uwierzyć jej we wszystko.

— No i tyle. To wszystko, co mogę ci powiedzieć. Żaden z tych szczegółów z osobna ci nie pomoże. Patrząc na jakąś panią, nigdy nie będziesz
do końca pewien, czy to wiedźma, czy nie. W każdym razie jeśli jakaś kobieta nosi rękawiczki, ma
duże dziurki w nosie, dziwne oczy, włosy takie, że
to mogłaby być peruka, i niebieskawy język — lepiej uciekaj gdzie pieprz rośnie.

— Babciu, a jak ty byłaś małą dziewczynką,
spotkałaś kiedyś jakąś wiedźmę?

— Raz. Jeden jedyny raz.

— A jak to było?

— Nie chcę ci opowiadać, bo ze strachu będziesz miał złe sny.

— Proszę, opowiedz.

— Nie! Niektóre rzeczy są tak okropne, że lepiej o nich nie mówić.

— Czy to dlatego nie masz jednego kciuka?

Nagle jej pomarszczone usta zacisnęły się w wąską kreskę, a ręka (bez kciuka) z cygarem odrobinkę zadrżała.

Czekałem. Ona jednak nie patrzyła już na mnie i nie odezwała się ani słowem. Nagle zupełnie zamknęła się w sobie. Rozmowa była skończona.

— Dobranoc, babciu — powiedziałem, wstałem i pocałowałem ją w policzek.

Ani drgnęła. Na palcach wyśliznąłem się z pokoju i pobiegłem do sypialni.

Superwiedźma

Nazajutrz pojawił się mężczyzna w czarnym garniturze z teczką w ręku i długo siedział z babcią w salonie. Nie mogłem przysłuchiwać się ich rozmowie. Kiedy jednak obcy się pożegnał, babcia przyszła do mnie. Szła powoli, bardzo zasmucona.

— Ten pan odczytał mi testament twojego ojca — oznajmiła.

— Co to takiego testament?

— Coś, co spisuje się przed śmiercią, żeby powiedzieć, kto ma dostać twoje pieniądze i twoje rzeczy. Ale co ważniejsze, w testamencie jest też mowa o tym, kto ma się zająć dziećmi, jeśli umrą oboje rodzice.

Poczułem falę strachu.

— I co tam było, babciu? — zawołałem z niepokojem. — Nie każą mi iść do kogoś innego, prawda?

— Nie, twój tata nigdy by czegoś takiego nie zrobił. Poprosił mnie w testamencie, żebym się opiekowała tobą, jak długo będę żyła, ale poprosił także, abym cię zawiozła do jego domu w Anglii i żebyśmy tam zamieszkali.

— Ale dlaczego?! — wykrzyknąłem. — Dlaczego nie możemy zostać w Norwegii? Wszędzie indziej będziesz się czuła okropnie! Sama mi przecież powiedziałaś!

— Tak, zgoda, ale są różne kłopoty z pieniędzmi i domem, których nie zrozumiesz. Ojciec mówi też w testamencie, że chociaż cała twoja rodzina jest norweska, to jednak urodziłeś się w Anglii, tam zacząłeś szkołę i tam też powinieneś ją skończyć.

— Och, babciu! — zawołałem ze łzami w głosie.

— Nie będzie ci się podobało w tym naszym angielskim domu, dobrze to czuję!

— Nawet jeśli masz rację — odpowiedziała — to i tak nie mogę postąpić inaczej. Testament mówi, że twoja mama myślała tak samo, a wolę rodziców trzeba szanować.

Nie było rady. Musieliśmy jechać do Anglii i babcia natychmiast zaczęła przygotowania.

— Początek roku szkolnego już za kilka dni — powiedziała — więc nie możemy tracić ani chwili.

Ostatniego wieczoru przed wyjazdem do Anglii babcia wróciła do swego ulubionego tematu.

— W Anglii nie ma tylu wiedźm co w Norwegii — oznajmiła.

— Ja na pewno żadnej nie widziałem.

— Mam nadzieję, bo zdaje się, że angielskie są najbardziej złośliwe na całym świecie.

Kiedy tak siedziała, popalając cygaro i opowiadając, ja przypatrywałem się jej dłoni bez kciuka. Nie mogłem się temu oprzeć. Fascynował mnie ten widok i nieustannie się zastanawiałem, co strasznego mogło się wydarzyć, kiedy spotkała wiedźmę. Musiało to być coś zupełnie przerażającego, inaczej bowiem z pewnością by mi opowiedziała. Może go jej ukręcono? Albo może musiała włożyć go do dziobka czajnika i trzymać tak długo, aż wyparował. A może ktoś jej go wyrwał, tak jak wyrywa się ząb? Nie mogłem się opędzić od różnych takich podejrzeń.

— Babciu, opowiedz mi, co robią te angielskie wiedźmy — poprosiłem.

— No dobrze — zgodziła się, ssąc swe cuchnące cygaro. — Ich ulubiona sztuczka to robienie pudrów, od których dzieci zamieniają się w stworzenia znienawidzone przez dorosłych.

— A jakie na przykład?

— Często ślimaki. To jedna z ich ulubionych sztuczek. Potem dorosły rozdeptuje ślimaka, nie wiedząc, że to dziecko.

— To naprawdę wstrętne!!!

Nie posiadałem się z oburzenia.

— Albo mole — dorzuciła babcia. — Mogą cię zamienić w mola, a potem mama, nie wiedząc nawet, co robi, posypie cię proszkiem antymolowym i... do widzenia!

— Babciu, zaczynam się coraz bardziej denerwować. Chyba wcale nie chcę wracać do Anglii.

— Znałam takie angielskie wiedźmy — nie ustawała babcia — które zamieniały dzieci w bażanty i zwabiały je do lasu tego właśnie dnia, gdy odbywało się tam polowanie.

— Ooooch! — Na chwilę straciłem oddech, a potem spytałem: — I co, myśliwi zastrzelili je?

— Pewnie — przytaknęła.

— A potem je oskubano, upieczono i podano na kolację.

Wyobraziłem sobie, że jestem bażantem otoczonym przez myśliwych i rozpaczliwie podrywającym się do lotu, a potem opadającym, aby uniknąć strzałów.

— Tak, tak — pokiwała głową babcia.

— Te angielskie wiedźmy bardzo lubią stać gdzieś z boczku i przyglądać się, co ludzie wyprawiają z własnymi dziećmi.

— Ja naprawdę nie chcę jechać do Anglii, babciu.

Wzruszyła ramionami.

— Pewnie, ja także nie. Chyba jednak musimy.

— Czy w każdym kraju są inne wiedźmy?

— Zupełnie inne, tyle że o tym to ja już wiem niewiele.

— Nawet o Ameryce?

— Właściwie nic. Coś tylko słyszałam, że tamtejsze wiedźmy potrafią tak wszystko urządzić, że ludzie zjadają własne dzieci.

— Nie, przenigdy! — wrzasnąłem. — Nie, babciu, to już na pewno nie jest prawda!

Rozłożyła ręce.

— Wcale nie twierdzę. Po prostu tak słyszałam, nic więcej.

— No ale jak niby miałyby ich zmusić do zjadania dzieci?

— Bo zamieniają dzieci w hot dogi. Dla sprytnej wiedźmy to żaden problem.

— Czy w każdym kraju na świecie są jakieś wiedźmy?

— Gdziekolwiek tylko są ludzie, są też wiedźmy. W każdym kraju jest Tajne Stowarzyszenie Wiedźm.

— I one wszystkie się znają, babciu?

— Nie. Każda wiedźma zna tylko te ze swojego kraju, a pod żadnym pozorem nie wolno jej się porozumiewać z zagranicznymi. Taka na przykład angielska będzie znała wszystkie wiedźmy z Anglii. Są zaprzyjaźnione, dzwonią do siebie, wymieniają się morderczymi przepisami. Bóg jeden wie, o czym one jeszcze rozmawiają. Aż boję się pomyśleć.

Siedziałem na podłodze zapatrzony w babcię, która odłożyła na popielniczkę tlące się cygaro i splotła dłonie na podołku.

— Raz do roku — ciągnęła — wiedźmy z każdego kraju mają swoje tajne spotkanie. Zbierają się w jednym miejscu, aby wysłuchać Superwiedźmy Całego Świata.

— Kogo???

— Jest najważniejsza z nich wszystkich i najpotężniejsza. Nie zna ani odrobiny litości. Wszystkie inne trzęsą się ze strachu na samą wzmiankę o niej. Widzą ją tylko raz do roku na tym ich zjeździe. Przyjeżdża, żeby jeszcze bardziej je nakręcić i wydać rozkazy na cały następny rok. I tak Superwiedźma Całego Świata podróżuje z kraju do kraju.

— Babciu, a gdzie one mają te swoje spotkania?

— Różnie o tym mówią. Słyszałam, na przykład, że wynajmują normalny hotel, jak zwyczajne kobiety, kiedy mają jakąś konferencję. Podobno dzieją się wtedy w takim hotelu bardzo dziwne rzeczy: pościel na łóżkach jest nietknięta, w dywanach są wypalone dziury, w łazience można spotkać żaby, a jeden kucharz podobno znalazł w garnku zupy małego krokodylka.

Babcia sięgnęła po cygaro i głęboko zaciągnęła się śmierdzącym dymem.

— A gdzie ta Superwiedźma ma swój dom?

— Tego nie wie nikt. Gdybyśmy wiedzieli, wtedy można by ją dopaść i pozbyć się jej. Wiedźmolodzy z całego świata wychodzili ze skóry, żeby się dowiedzieć, gdzie są tajne kwatery Superwiedźmy, ale wszystko na nic.

— A kto to są wiedźmolodzy, babciu?

— Ludzie, którzy studiują wszystko, co związane jest z wiedźmami, i dużo o nich wiedzą.

— A ty, babciu, jesteś wiedźmolożką?

— Emerytowaną. Jestem już za stara, żeby prowadzić systematyczne badania. Jednak kiedy byłam młodsza, zjeździłam całą kulę ziemską, tropiąc Superwiedźmę Całego Świata. Niestety, nawet się o nią nie otarłam.

— Czy jest bogata?

— Po prostu tarza się w pieniądzach. Plotkują, że u siebie w zamczysku ma taką maszynę, jakiej rządy używają do drukowania banknotów, którymi potem my się posługujemy. W końcu banknot to tylko zadrukowany kawałek papieru. Może go zrobić każdy, kto ma odpowiednią maszynę i odpowiedni papier. Przypuszczam, że Superwiedźma drukuje sobie pieniądze, jakich tylko potrzebuje, a potem podsyła je wiedźmom na całym świecie.

— A zagraniczne pieniądze?

— Taka maszyna zrobi ci nawet chińskie pieniądze, jeśli tylko naciśniesz odpowiedni guzik!

— Ale, babciu — powiedziałem po chwili zastanowienia — jeśli nikt nigdy nie widział tej Superwiedźmy, to skąd w ogóle wiadomo, że ona istnieje?

Babcia obdarzyła mnie długim, poważnym spojrzeniem, aż wreszcie stwierdziła:

— Nikt nigdy nie widział diabła, a przecież wiemy, że istnieje.

Następnego ranka wypłynęliśmy do Anglii i już wkrótce byłem znowu w naszym starym domu w Kent, tyle że teraz tylko babcia się mną opiekowała. Wkrótce znowu zaczęła się szkoła, cały tydzień miałem wypełniony i na pozór wszystko było po staremu.

W rogu naszego ogrodu rósł wielki kasztan, a ja wraz z moim najlepszym przyjacielem Timmym zacząłem wysoko w jego gałęziach budować domek. Mogliśmy to robić tylko podczas weekendów, ale praca posuwała się szybko. Zaczęliśmy od podłogi, układając deski na dwóch grubych gałęziach i przybijając je do nich. Zajęło nam to niecały miesiąc. Potem otoczyliśmy podłogę poręczami i teraz pozostawał do zrobienia już tylko dach, ale ten był najtrudniejszy.

Pewnego sobotniego popołudnia, gdy Timmy leżał przeziębiony, postanowiłem, że sam spróbuję zacząć dach. To było wspaniałe uczucie — być tam wysoko, między gałęziami, i przypatrywać się, jak wyrastają na nich nowe liście. Czasami sobie myślałem, że to miejsce wygląda jak wielka zielona jaskinia, tyle że wysoko nad ziemią, co było jeszcze bardziej emocjonujące. Babcia orzekła, że gdybym spadł z tej wysokości, na pewno złamałbym nogę, więc ilekroć spoglądałem w dół, czułem ciarki na krzyżu.

Zabrałem się do mocowania pierwszej deski dachu. Nagle kątem oka dostrzegłem kobietę stojącą dokładnie pode mną. Patrzyła w górę i tak jakoś

dziwnie się uśmiechała. Kiedy większość ludzi się śmieje, kąciki ich ust idą w górę. U niej tymczasem wargi rozchylały się w obie strony, pokazując zęby i dziąsła, które wyglądały jak surowe mięso.

Zawsze jest tak trochę dziwnie, kiedy wydaje ci się, że jesteś sam, a nagle spostrzegasz, że ktoś cię obserwuje.

I skąd ta dziwna kobieta w ogóle wzięła się w naszym ogrodzie?

Miała na sobie mały czarny kapelusz i czarne rękawiczki, które sięgały aż do łokci.

Rękawiczki!!! Nosiła rękawiczki!

Zamarłem.

— Mam dla ciebie prezent — powiedziała, ciągle na mnie patrząc, ciągle się uśmiechając i ciągle pokazując zęby razem z dziąsłami.

Milczałem.

— Jak zejdziesz na dół z tego drzewa, chłopczyku — ciągnęła — to dostaniesz najwspanialszy prezent w życiu.

Miała dziwny metaliczny głos, jak gdyby w gardle grzechotały jej szpilki.

Nie spuszczając wzroku z mojej twarzy, bardzo powoli sięgnęła do torebki i wyjęła z niej małego zielonego węża. Rozprostowała dłoń w rękawiczce i wysunęła w moim kierunku.

— Jest oswojony — powiedziała.

Wąż owinął się jej wokół przegubu. Był lśniąco zielony.

— Jak zejdziesz, to ci go dam — obiecała kobieta.

„Babciu, chodź, ratuj mnie!" — pomyślałem. A potem wpadłem w panikę. Wypuściłem młotek i niczym małpa zacząłem się wspinać po kasztanie. Kiedy już nie mogłem posunąć się ani odrobinę, zatrzymałem się rozdygotany i spojrzałem w dół. Kobiety nie było widać, zasłaniały ją grube warstwy liści.

Siedziałem tam cichutko przez kilka godzin. Zaczęło się ściemniać. W końcu usłyszałem wołającą mnie babcię.

— Tutaj jestem! — odkrzyknąłem.

— Złaź czym prędzej! Kolacja już spóźniona!

— Babciu! A nie ma tam tej kobiety?

— Jakiej kobiety?

— Tej w czarnych rękawiczkach!

Na dole zapanowała pełna zdumienia cisza.

— Babciuuu! — wydarłem się znowu. — Poszła już sobie?

— Tak — odezwała się po chwili babcia. — Poszła. Teraz ja jestem tutaj, kochanie. Pilnuję cię. Możesz spokojnie zejść.

Zszedłem rozdygotany, a babcia wzięła mnie w ramiona.

— Widziałem wiedźmę — wykrztusiłem.

— Chodź do domu. Ze mną nic ci nie grozi.

W środku dała mi gorące, bardzo słodkie kakao.

— A teraz opowiedz mi wszystko — poleciła.

Opowiedziałem.

Zanim skończyłem, to moja babcia cała dygotała. Jej twarz poszarzała i zauważyłem, że zerka na tę dłoń, gdzie nie miała kciuka.

— Sam wiesz, co to znaczy — mruknęła. — W naszej okolicy jest co najmniej jedna. Od dzisiaj nie będziesz już sam chodził do szkoły.

— Myślisz, że ona mnie sobie upatrzyła?

— Nie, raczej nie. Dla nich jedno dziecko jest tak samo dobre jak każde inne.

Trudno się chyba dziwić, że odtąd wszędzie zważałem na wiedźmy. Jeśli szedłem sam ulicą i zobaczyłem idącą w moim kierunku kobietę w rękawiczkach, czym prędzej przechodziłem na drugą stronę. A trzeba trafu, że akurat cały miesiąc był tak zimny, że niemal wszyscy nosili rękawiczki! O dziwo jednak, już nigdy więcej nie zobaczyłem kobiety z zielonym wężem.

To była moja pierwsza wiedźma. Ale nie ostatnia.

Wakacje

Minęła przerwa wielkanocna i zaczął się trzeci trymestr. Planowaliśmy z babcią spędzić wakacje w Norwegii i wieczorami nie rozmawialiśmy właściwie o niczym innym. Babcia zamówiła dla nas kabinę na statku z Newcastle do Oslo, skąd miała mnie zabrać na południowe wybrzeże koło Arendal, gdzie sama przed prawie osiemdziesięcioma laty spędziła kiedyś lato. Mieliśmy wyruszyć tuż po zakończeniu roku szkolnego.

— Całymi dniami pływaliśmy z bratem łódką — mówiła. — Wzdłuż wybrzeża pełno tam jest malutkich, przez nikogo nie zamieszkanych wysepek. Zwiedzaliśmy je, skakaliśmy do wody z granitowych skał, a czasami stawaliśmy na kotwicy i łowiliśmy dorsze i witlinki. Jeśli coś złapaliśmy, rozpalaliśmy na wyspie ognisko i piekliśmy ryby. Nie ma lepszej ryby na świecie niż taki świeży dorsz.

— A co zakładałaś na przynętę, babciu?

— Omułki. W Norwegii wszyscy używają omułków na przynętę. A jak nie złapaliśmy nic, to przynajmniej gotowaliśmy omułki.

— To dobre?

— Pyszne. Jak się je ugotuje w morskiej wodzie, są mięciutkie i słone.

— A co jeszcze robiliście, babciu?

— Odpływaliśmy trochę od brzegu i machaliśmy do wracających kutrów krewetkowych, a one czasami się zatrzymywały i dawały nam coś ze swego połowu. Krewetki były jeszcze ciepłe, świeżo ugotowane, siedzieliśmy więc na łódce i zajadaliśmy się nimi. Najlepsze były łebki.

— Łebki?

— Brało się je w zęby i wysysało zawartość. Mówię ci, jakie to pyszne. Teraz będziemy to robić przez całe lato.

— Babciu, babciu, ja już nie mogę się doczekać!

— I ja także.

Kiedy do wakacji brakowało już tylko trzech tygodni, wydarzyła się straszna rzecz. Babcia zachorowała na zapalenie płuc. Było tak niedobrze, że stale opiekowała się nią pielęgniarka. Doktor wyjaśnił mi, że dzięki penicylinie zapalenie płuc nie jest już tak groźne jak dawniej, ale jeśli ktoś — tak jak moja babcia — ma ponad osiemdziesiąt lat, choroba staje się bardzo poważna. Powiedział, że w tym stanie boi się nawet przenieść ją do szpitala, została więc w sypialni, a ja przy drzwiach wejściowych przyglądałem się, jak wnosili do środka butle z tlenem i różne inne groźnie wyglądające rzeczy.

— Czy mogę ją zobaczyć? — spytałem.

— Nie, kochanie — sprzeciwiła się pielęgniarka. — Nie w tej chwili.

Przez cały dzień i noc przebywała też w domu gruba i wesoła pani Spring, która codziennie u nas sprzątała. Opiekowała się mną i gotowała posiłki. Bardzo ją lubiłem, ale gdzie jej było do babci, jeśli chodzi o opowiadanie różnych historii.

Chyba dziesiątego dnia od początku choroby doktor zszedł wieczorem na dół i powiedział:

— Możesz pójść do babci, ale nie siedź za długo. Ciągle pyta o ciebie.

Pobiegłem po schodach, wpadłem do sypialni babci i rzuciłem się jej w ramiona.

— No, no — ostrzegła pielęgniarka. — Trochę ostrożniej.

— Wyzdrowiejesz, babciu?

— Najgorsze już minęło — odpowiedziała. — Jeszcze parę dni i znowu będę na nogach.

Zerknąłem niespokojnie na pielęgniarkę.

— Naprawdę?

— Tak — potwierdziła tamta z uśmiechem. —

Twoja babcia powiedziała nam, że po prostu musi wyzdrowieć, bo ktoś musi się tobą zajmować.

Znowu przytuliłem się do babci.

— Nie pozwalają mi palić cygar — oznajmiła nadąsana. — Ale nic, poczekajmy, aż się stąd wyniosą.

— Twarda sztuka z twojej babci. — Pielęgniarka pokręciła głową. — Wstanie już chyba w przyszłym tygodniu.

Miała rację. Nie upłynął tydzień, a babcia już kręciła się po domu, podpierając się laską ze złotą główką i zaglądając pani Spring do garnków.

— Bardzo jestem pani wdzięczna za pomoc — powiedziała następnego dnia po opuszczeniu łóżka — ale teraz może już pani wracać do siebie.

— Nie — zaprotestowała pani Spring. — Doktor kazał mi jeszcze przez kilka dni pani pomagać.

Powiedział nie tylko to. Czuliśmy się jak po wybuchu bomby, gdy oznajmił nam, że pod żadnym pozorem nie możemy tego lata ryzykować wyjazdu do Norwegii.

— Bzdura!!! — zawołała babcia. — Obiecałam mu i pojedziemy!

— To za długa droga — tłumaczył lekarz — i w pani obecnym stanie zbyt niebezpieczna. Ale powiem pani, co możecie zrobić. Niech pani pojedzie z wnukiem do jakiegoś milutkiego hoteliku na południu Anglii. Morskie powietrze — oto czego pani potrzeba.

— Ja nie chcę! — obruszyłem się.

— Więc wolisz, żeby twoja babcia umarła? — spytał surowo doktor.

— Przenigdy!!! — krzyknąłem.

— Nie możesz jej narażać tego lata na długą podróż. Jest zbyt osłabiona. I nie pozwalaj jej palić tych wstrętnych czarnych cygar.

Lekarzowi udało się w końcu przekonać babcię do zmiany planów wakacyjnych, ale nie do rzucenia cygar. Pokoje zarezerwowaliśmy w hotelu Magnificent w słynnej miejscowości nadmorskiej Bournemouth. Babcia powiedziała mi, że pełno tam będzie takich starych ludzi jak ona. Zjeżdżali się tam tysiącami, wierzyli bowiem, że powietrze jest tak rześkie i zdrowe, że pozwoli im pożyć jeszcze kilka lat.

— A pozwoli?

Skrzywiła się.

— Gdzie tam. To tylko takie banialuki. No ale przynajmniej w tej sprawie możemy posłuchać lekarza.

Niedługo potem udaliśmy się pociągiem do Bournemouth i wylądowaliśmy w hotelu Magnificent. Był to ogromny biały budynek nad brzegiem morza, a ja od razu poczułem, że to bardzo nudne miejsce na spędzanie wakacji. Mieliśmy oddzielne pokoje, ale połączone drzwiami, tak że mogliśmy zaglądać do siebie bez wychodzenia na korytarz.

Tuż przed wyjazdem babcia, chcąc mnie trochę pocieszyć, dała mi w prezencie klatkę z dwiema białymi myszkami, którą oczywiście wziąłem ze sobą. Te myszki były strasznie fajne, nazwałem je William i Mary, a w hotelu zaraz zacząłem uczyć je różnych sztuczek. Pierwsza polegała na tym, że wchodziły mi do rękawa, a wychodziły na szyi za

 kołnierzem. Potem nauczyłem je jeszcze wdrapywać się na czubek mojej głowy, co udało mi się, gdy sypałem tam okruszki herbatników.

Już następnego ranka po naszym przyjeździe, kiedy pokojówka słała moje łóżko, jedna z myszek wystawiła łebek spod prześcieradła. Pokojówka narobiła takiego wrzasku, że natychmiast przybiegło z tuzin osób, żeby zobaczyć, kogo zamordowano. O całej sprawie została poinformowana dyrekcja i doszło do nieprzyjemnej rozmowy między dyrektorem, babcią i mną.

Dyrektor nazywał się Stringer, był najeżonym mężczyzną w czarnym fraku.

— Nie mogę pozwolić na myszy w moim hotelu, proszę pani — oznajmił surowo babci.

— Jak pan śmie mówić mi coś takiego, kiedy i tak pełno u was szczurów!!! — wykrzyknęła.

— Szczurów???! — Pan Stringer pozieleniał na twarzy. — W tym hotelu nie ma żadnych szczurów!

— A ja rano widziałam jednego — upierała się babcia. — Biegł sobie po korytarzu w stronę kuchni.

— To nieprawda! — oburzył się pan Stringer.

— Lepiej żeby pan ściągnął tutaj fachowca od usuwania szczurów, zanim złożę na pana doniesienie gdzie trzeba. Przypuszczam, że szczury buszują tu po całej kuchni, podkradają jedzenie z półek i wskakują do zup!

— Nieeee!

Pan Stringer bardziej teraz piszczał, niż krzyczał.

— Teraz już się nie dziwię — nie popuszczała babcia — że wszystkie tosty śniadaniowe były ponadgryzane na brzegach i miały taki dziwny smak. Jeśli zaraz się pan tym nie zajmie, ludzie z Inspek-

cji Sanitarnej zamkną ten hotel, żeby goście nie zarazili się tyfusem.

— Pani chyba nie mówi poważnie? — spytał najwyraźniej przerażony dyrektor.

— Jeszcze nigdy w życiu nie byłam bardziej poważna — oznajmiła stanowczo babcia. — To jak, czy pozwoli pan memu wnuczkowi trzymać w pokoju białe myszki?

Pan Stringer dobrze wiedział, kiedy walka jest przegrana.

— Czy pozwoli pani, że zaproponuję pewien kompromis? — odezwał się głosem nagle przymilnym i słodkim. — Niechże sobie chłopczyna trzyma myszki w pokoju, byle tylko nie opuszczały klatki. Co pani na to?

— Całkowicie nam to odpowiada — powiedziała babcia, po czym wstała i z godnością opuściła gabinet dyrektora, a ja podreptałem za nią.

Nie można tresować myszy, kiedy siedzą w klatce, a bałem się je wypuszczać, gdyż pokojówka przez cały czas mnie szpiegowała. Miała klucz do mojego pokoju i wpadała po kilka razy dziennie w nadziei, że przyłapie mnie z myszkami swobodnie biegającymi. Zagroziła mi, że jeśli tylko zobaczy mysz poza klatką, portier utopi ją w wiadrze wody.

Trzeba było poszukać jakiegoś bezpieczniejszego miejsca do tresury. Przecież w tym całym wielkim hotelu musi być jakieś puste pomieszczenie, gdzie nikt nie zagląda. Wsadziłem po jednej myszce do każdej kieszeni i ruszyłem na poszukiwania.

Na parterze było mnóstwo dużych pokoi dla wszystkich gości, a na drzwiach każdego z nich znajdowała się wypisana złotymi literami nazwa: „Czytelnia", „Jadalnia", „Palarnia", „Sala karciana", „Salonik". Żaden nie był jednak pusty. Na końcu długiego korytarza były podwójne drzwi z napisem „Sala balowa". Przed nimi stała duża tablica informująca:

POSIEDZENIE KTWOD

WSTĘP WZBRONIONY
SALA ZAREZERWOWANA
NA
DOROCZNE SPOTKANIE
KRÓLEWSKIEGO TOWARZYSTWA
DO WALKI Z OKRUCIEŃSTWEM
WOBEC DZIECI

Nacisnąłem klamkę, drzwi były otwarte. Zajrzałem do środka. Całą ogromną salę wypełniały rzędy krzeseł zwróconych w stronę podium. Krzesła miały złote nogi i oparcia, leżały na nich małe czerwone poduszeczki, ale w sali nie było nawet żywej duszy.

Szybko wśliznąłem się i zamknąłem za sobą drzwi. Wspaniałe ciche miejsce, wprost wymarzone do moich celów. Pewnie zebranie Królewskiego Towarzystwa do Walki z Okrucieństwem wobec Dzieci już wcześniej się odbyło i wszyscy się rozeszli. Ale nawet gdyby było inaczej i przeciwnicy znęcania się nad dziećmi mieli dopiero zacząć się schodzić, to przecież na pewno będą zachwyceni widokiem młodego tresera myszy.

Z tyłu sali stał wielki składany parawan z wymalowanymi na nim chińskimi smokami. Na wszelki wypadek postanowiłem ukryć się za nim, nie ze strachu przed członkami towarzystwa, ale w obawie, że dziwnym zrządzeniem losu do środka może zajrzeć dyrektor, pan Stringer. Gdyby tak się stało, zanim zdążyłbym pisnąć, nieszczęsne myszki wylądowałyby w wiadrze z wodą.

Na palcach zakradłem się za parawan i rozlokowałem się na grubym zielonym dywanie. Jakie to było świetne miejsce! Idealne do tresury myszek! Wyjąłem Williama i Mary z kieszeni, a one grzecznie i spokojnie przycupnęły obok mnie na dywanie.

Dzisiaj chciałem je nauczyć chodzenia po linie. Jeśli tylko wiesz, co robić, wcale nie jest trudno nauczyć tego inteligentną mysz. Po pierwsze, trzeba mieć kawałek sznurka. Miałem. Po drugie, trzeba mieć jakieś dobre ciastko. Ulubionym przysmakiem białych myszek jest placek jagodowy. Szaleją na jego punkcie. Poprzedniego dnia podczas podwieczorku schowałem do kieszeni kawałek.

A oto, co trzeba zrobić. Mocno naprężasz sznurek między dwiema rękami, ale na początku nie może być bardzo długi, trzy cale, nie więcej. Teraz myszkę umieszczasz na prawej ręce, a kawałek ciastka — na lewej. Ma ona tylko trzy cale do swego smakołyku. Widzi go i czuje. Wąsy drżą jej z podniecenia. Jeśli się wychyli, prawie może dotknąć ciastka, ale tylko prawie. Żeby złapać ciastko, musi zrobić dwa kroki po sznurku. Stawia więc jedną łapkę na sznurku, potem drugą. Jeśli tylko ma dobre wyczucie równowagi, a większość białych

myszek ma znakomite, to łatwo przejdzie na drugą stronę. Zacząłem od Williama. Nie zawahał się nawet chwilkę i przeszedł gładko. Chcąc podrażnić jego apetyt, pozwoliłem mu skubnąć odrobinę ciastka, ale zaraz z powrotem przeniosłem go na prawą dłoń.

Teraz wydłużyłem sznurek — miał chyba z sześć cali. William dobrze wiedział, co zrobić. Z nadzwyczajnym wyczuciem równowagi kroczek po kroczku dotarł do ciastka i znowu został nagrodzony okruszkiem.

Nie trzeba było długo czekać, a William przechodził po linie (czy raczej sznurku) dwadzieścia cztery cale od jednej ręki do drugiej, aby dostać kawałek placka. Przyglądanie się było prawdziwą przyjemnością, ale i jemu to zajęcie bardzo się podobało. Na wszelki wypadek trzymałem sznurek nisko nad dywanem, aby William nic sobie nie zrobił, gdyby spadł, ale ani razu nie ześliznął się ze sznurka. Był urodzonym akrobatą, mysim linoskoczkiem.

Teraz przyszła kolej na Mary. Postawiłem Williama na dywanie obok siebie i dałem mu dodatkową porcję ciasta. Potem tę samą tresurę zacząłem z jego koleżanką. Widzicie, moją ambicją, marzeniem ponad marzeniami, było zostać pewnego dnia właścicielem Cyrku Białych Myszek. Niewielka arena byłaby zasłonięta czerwoną kurtyną, a kiedy by się unosiła, publiczność widziałaby, jak moje słynne na cały świat myszy chodzą po linie, kołyszą się na trapezie, skaczą na trampolinie i tak dalej. Kilka z nich jeździłoby na białych szczurach, które z furią galopowałyby

dokoła areny. Oczyma wyobraźni widziałem już, jak ze swym Przesławnym Cyrkiem Białych Myszek jeżdżę pierwszą klasą po całym świecie i występuję przed wszystkimi koronowanymi głowami Europy.

Byłem w połowie treningu Mary, kiedy nagle na zewnątrz sali balowej usłyszałem jakieś głosy, które stawały się coraz wyraźniejsze. Najwidoczniej zmierzał tu tłum rozgadanych osób, a nad nimi wszystkimi górował głos strasznego dyrektora hotelu, pana Stringera.

„Ratunku!" — pomyślałem.

Na szczęście jednak chronił mnie parawan.

Uklękłem i spojrzałem przez szczelinę między jego dwoma skrzydłami. Mogłem obserwować całą salę, sam nie będąc widziany.

— Mam nadzieję, szanowne panie, że będziecie się tutaj czuły wygodnie — mówił pan Stringer, a w następnej chwili wkroczył w tym swoim czarnym fraku i szerokim gestem obu rąk objął całą salę. — Jeśli tylko mogę być w czymkolwiek pomocny, proszę dać mi znać. Herbatę podamy paniom na tarasie słonecznym po zakończeniu obrad.

Powiedziawszy to, ukłonił się i szybko wymknął z sali, do której zaczęły już tłumnie napływać członkinie — nie było ani jednego mężczyzny! — Królewskiego Towarzystwa do Walki z Okrucieństwem wobec Dzieci. Wszystkie były elegancko ubrane i wszystkie miały na głowach kapelusze.

Zebranie

Wystarczyło, że dyrektor zniknął, a ja natychmiast się uspokoiłem. Co mogło mi grozić ze strony eleganckich dam? A gdyby zainteresować je przypadkami okrucieństwa wobec dzieci w naszej szkole? Mogłyby się tam do czegoś przydać.

Gadały jak najęte. Kręcąc się po sali i zajmując miejsca, przerzucały się okrzykami w rodzaju: „Millie, kochanie, chodź, siądziesz koło mnie!", „Ach, Beatrice, nie widziałyśmy się od ostatniego zebrania! Ale masz piękną suknię!"

Postanowiłem, że przeczekam to ich zebranie, trenując swoje myszki, ale jeszcze przez chwilę im się przyglądałem i czekałem, aż wszystkie usiądą. Ile ich mogło być? Co najmniej dwieście. Najpierw zapełniły się tylne rzędy, zupełnie jakby zależało im na tym, aby znaleźć się jak najdalej od podium.

Pośrodku ostatniego rzędu usiadła pani w małym zielonym kapelusiku, która bez przerwy drapała się po szyi. Nie przestawała nawet na chwilę. Zafascynowany patrzyłem na jej palce przebierające po karku. Gdyby wiedziała, że ktoś ją z tyłu obserwuje, na pewno poczułaby się głupio. Zastanawiałem się, czy to aby nie łupież. I nagle zauważyłem, że tak samo zachowuje się dama siedząca obok!

I następna!

I jeszcze jedna!

Powiodłem po nich wzrokiem — wszędzie to samo. Wszystkie jak oszalałe drapały się po karkach!

Czyżby miały we włosach pchły?

Nie, to raczej wszy.

W zeszłym trymestrze jeden chłopak ze szkoły, Ashton, nabawił się wszy. Matka kazała mu zanurzyć włosy w terpentynie, co istotnie zabiło wszy, ale o mały włos zabiłoby też Ashtona. Zeszła mu z głowy połowa skóry.

Z jeszcze większym zainteresowaniem przyglądałem się siedzącym przede mną paniom. To zawsze śmieszne, kiedy zobaczysz, jak ktoś robi coś niewłaściwego, przekonany, że nikt go nie widzi — na przykład dłubie w nosie czy drapie się po pupie. Drapanie się po włosach też nie wygląda najlepiej, szczególnie kiedy ciągnie się bez końca.

To na pewno wszy.

A potem zdarzyło się coś zupełnie zdumiewającego. Zobaczyłem, jak jedna z dam wsuwa rękę pod, powtarzam: pod włosy, a one wszystkie się unoszą, dłoń wpełza pod nie i drapie gołą czaszkę!

Miała perukę!!! A także rękawiczki!!! Szybko obrzuciłem spojrzeniem resztę damskiego towarzystwa. Wszystkie były w rękawiczkach!!!

Krew zastygła mi w żyłach, cały zacząłem dygotać. W panice zerknąłem za siebie, czy są jeszcze jakieś inne drzwi. Ale nie — nie było żadnych.

Czy miałem wyskoczyć zza parawanu i pognać do jedynego wyjścia?

Podwójne drzwi były już zamknięte, a jedna z dam nachylała się właśnie nad nimi i oplatała klamki czymś w rodzaju łańcucha.

„Siedź cicho" — powiedziałem sobie. Jak na razie nikt cię nie zobaczył. Nie ma najmniejszego powodu, żeby którakolwiek z nich zajrzała za parawan, wystarczy jednak jeden fałszywy ruch, jedno kaszlnięcie, jedno kichnięcie, jedno pociągnięcie nosem, najmniejszy jeden dźwięk, a będziesz miał do czynienia nie z jedną wiedźmą, ale z dwustoma!

I wtedy chyba zemdlałem. Za dużo tego było na siły małego chłopca. Straciłem przytomność na niewiele więcej niż kilka sekund. W każdym razie kiedy się ocknąłem, leżałem bez ruchu na dywanie, na szczęście nadal za parawanem.

Wszędzie panowała absolutna cisza. Czując, jak dygoczą mi kolana, ukląkłem i przyłożyłem oko do szczeliny.

Usmażona jak frytka

Wszystkie kobiety, czy raczej wiedźmy, siedziały teraz nieruchomo na krzesłach i jak zahipnotyzowane wpatrywały się w kogoś, kto znienacka pojawił się na podium. A tym kimś była, rzecz jasna, inna kobieta.

Pierwsze, co mnie uderzyło, to jej wzrost. Była malutka, nie mogła mieć więcej niż cztery i pół stopy. Wyglądała na bardzo młodą, miała najwyżej dwadzieścia pięć, dwadzieścia sześć lat, i była też bardzo piękna. Miała na sobie elegancką czarną suknię, a czarne rękawiczki sięgały jej aż do łokci. W przeciwieństwie do reszty nie nosiła kapelusza.

Na mój gust wcale nie wyglądała na wiedźmę, ale kim innym mogła być, skoro stała teraz na podium? A cała reszta gapiła się na nią z podziwem, szacunkiem i strachem?

Młoda dama na podium bardzo powoli podniosła ręce do twarzy. Zobaczyłem, jak rozpina coś za uszami, a potem... potem chwyciła za policzki i zdjęła je z twarzy! Cała uroda została w jej palcach!

To była tylko maska!

Odłożyła ją na mały, stojący obok stolik, a kiedy znowu spojrzała na zgromadzenie, omal nie wrzasnąłem na cały głos.

Była to najstraszniejsza i najbardziej przerażająca twarz, jaką kiedykolwiek widziałem. Sam jej widok przyprawiał mnie o dreszcze. Była tak pomarszczona, pełna fałd, bulw, dołów i wybrzuszeń, jak gdyby długo marynowała się w occie. Budziła przeraźliwy lęk, gdyż kryło się w niej coś wstrętnego, zepsutego, zwyrodniałego. Miało się wrażenie, że ta twarz gnije, jak gdyby cała zżerana przez robaki.

Zdarza się niekiedy, że zobaczycie coś tak okropnego, iż niepodobna odwrócić wzroku i stoicie jak sparaliżowani. Tak właśnie stało się teraz ze mną. Zastygłem jak skamieniały. Unieruchomił mnie strach. Ale było coś jeszcze — oczy, które lustrowały zebrane kobiety, miały w sobie coś ze spojrzenia węża, który szykuje się, by skoczyć na ofiarę.

Natychmiast zrozumiałem, oczywiście, że nie może to być nikt inny, tylko Superwiedźma Całego Świata. Jasne też było, dlaczego nosi maskę. Bez niej nie mogłaby się pokazać na ulicy, a co dopiero mówić o wynajęciu pokoju w hotelu.

Na jej widok każdy z krzykiem rzucałby się do ucieczki.

— Drzwi! — ryknęła Superwiedźma głosem, który niczym grom przetoczył się po sali. — Zamknięte na klucz i łańcuch?

— Zamknięte na klucz i łańcuch, Wasza Wysokość — zapewnił jakiś głos z sali.

Głęboko osadzone w gnijącej twarzy wężowe

oczy przemknęły po całym zgromadzeniu, które się w nią wpatrywało.

— Możecie terrrhaz zdjąć rrrhękawiczki! — krzyknęła.

Miała głos tak samo metaliczny jak wiedźma, która zjawiła się pod kasztanem, ale głośniejszy i znacznie bardziej chrapliwy. Był jak tarka, jak pilnik, jak papier ścierny. Jak maszynka do mięsa.

Wszystkie wiedźmy natychmiast zaczęły zdejmować rękawiczki. Przypatrywałem się dłoniom tych, które siedziały w ostatnim rzędzie. Bardzo chciałem zobaczyć, jak wyglądają ich palce, i byłem strasznie ciekaw, czy babcia mówiła prawdę. I... Ach! Och! Zobaczyłem kilka par dłoni, a wszystkie zamiast paznokci miały na końcach palców brązowe pazury! Długie na dwa cale i spiczaste!

— Możecie terrrhaz zdjąć buty! — warknęła Superwiedźma Całego Świata.

Po sali przetoczyło się westchnienie ulgi, gdy wszystkie wiedźmy zrzuciły z nóg wąskie czółenka na wysokich obcasach. Udało mi się dojrzeć pod krzesłami kilkanaście odzianych w pończochy stóp, kwadratowych i zupełnie pozbawionych palców. Widok był obrzydliwy — jak gdyby ktoś wszystkim im oderżnął palce jednym cięciem noża.

— Możecie terrrhaz zdjąć perrrhuki! — wychrypiała Superwiedźma.

Niezależnie od zgrzytliwego głosu mówiła jakoś dziwnie, z obcym akcentem, jakby „r" sprawiało jej jakieś kłopoty. Można by pomyśleć, że obraca je w krtani niczym gorący skwarek, który zaraz wypluje.

— Zdejmijcie perrrhuki i dajcie ochłonąć swoim rrrhozpalonym glacom! — dorzuciła, a wszystkie wiedźmy chwyciły swoje sztuczne włosy i z kolejnym westchnieniem ulgi pozbyły się ich (razem z kapeluszami).

Miałem teraz przed sobą rzędy łysych głów kobiecych, a wszystkie były poczerwieniałe i pokryte krostami. Nie potrafię wam nawet opowiedzieć, jak wstrętny, a zarazem groteskowy to był widok, bo czaszki te lśniły nad wykwintnymi i eleganckimi strojami. Było to kompletnie nienaturalne. Obrzydliwe.

69

„O Boże!" — myślałem. „Pomocy!!!" Te wszystkie łyse baby nienawidzą dzieci i zjadają je na surowo, a ja jestem uwięziony w jednym pokoju z nimi i nie mam jak uciekać!!!

W tym momencie nawiedziła mnie nowa i jeszcze straszniejsza myśl. Babcia powiedziała, że swoimi wielkimi nozdrzami mogą w noc czarną jak smoła wyczuć dziecko po drugiej stronie ulicy. Jak dotąd, wszystkie słowa babci się potwierdzały, wydawało się więc niemal pewne, że zaraz któraś z tych siedzących z tyłu zacznie węszyć, a potem z krzykiem: „Psie siki!" skoczy za parawan i dopadnie mnie niczym szczura.

Klęczałem na dywanie za swym parawanem i ledwie śmiałem odetchnąć.

Potem nagle przypomniała mi się inna ważna informacja, którą przekazała babcia, że im jesteś brudniejszy, tym trudniej wiedźma cię wyczuje.

Kiedy się kąpałem ostatni raz?

Dawno. W hotelu mieliśmy oddzielne pokoje i babcia nie zaprzątała sobie głowy takimi głupstwami jak pilnowanie kąpieli wnuczka. Myślę więc, że nie byłem w wannie i pod prysznicem ani razu od naszego przyjazdu.

A kiedy ostatnio myłem ręce i twarz?

Z pewnością nie dziś rano.

Ani wczoraj.

Zerknąłem na swoje ręce. Pokryte były resztkami piasku, smaru i Bóg wie czego jeszcze.

Może więc miałem jakąś szansę. Może nie wyczują moich smrodali.

— Wiedźmy Wielkiej Brrrhytaniii! — wydarła

się Superwiedźma, która, jak zauważyłem, nie pozbyła się peruki, rękawiczek ani butów. — Wiedźmy Wielkiej Brrrhytaniii! — wrzasnęła ponownie.

Wszystkie zebrane poruszyły się niespokojnie i wyprostowały na krzesłach.

— Okrrrhopne wiedźmy! Beznadziejne! Marrrhne durrrhne wiedźmy! Jesteście bezużyteczne jak rrrhobactwo!

Całe zgromadzenie aż zatrzęsło się ze zgrozy. Superwiedźma była wyraźnie w złym humorze i nie zamierzała tego ukrywać. Czułem, że zaraz wydarzy się coś strasznego.

— Kiedy jadłam dziś rrrhano śniadanie, wiecie, co zobaczyłam?! — krzyknęła. — Patrzę przez okno i co widzę? Pytam rrrhaz jeszcze: co widzę? Obrzydliwy, wstrrrhętny widok! Tysiące parrrhszywych dzieciaków, wstrrrhętnych bachorrrhów spokojniutko bawi się i grrrha na plaży! Mało się nie udławiłam! Niczego się nie boją? Żadnego, nawet malutkiego strrrhaszku? Nic im nie grrrhozi? Od rrrhazu widać, jak się tu starrrhacie!!! Tyle parrrhszywej, śmierrrhdzącej dzieciarrrhni, a wy gdzie?

Każdemu słowu towarzyszyły kropelki niebieskawej flegmy wyrzucanej z ust.

— Pytam rrrhaz jeszcze, a wy gdzie???!!! — Odpowiedzią była grobowa cisza. — Smarrrhkacze cuchną! Zasmrrrhadzają cały świat! Nie można na to pozwolić, żeby się tak pętały wszędzie dokoła!

Wszystkie łysiny spiesznie pokiwały.

— Jeden bachorrrh na tydzień to dla mnie za

mało! — Superwiedźma potoczyła po sali groźnym spojrzeniem. — Na nic więcej was nie stać?!

— Poprawimy się — zaszemrały wiedźmy. — Tak, poprawimy się.

— Żadne tam poprrrhawimy się! — ryknęła w odpowiedzi Superwiedźma. — Macie iść na całość, na ful! I dlatego rrrhrrrhozkazuję: zanim zjawię się tutaj znów za rrrhok, każde dziecko w Anglii ma być zmiętolone, rrrhozgniecione, sprrrhasowane i usmażone! Czy zrrrhozumiano?

Na sali zapanowało wielkie poruszenie. Wiedźmy patrzyły po sobie wyraźnie spłoszone, aż wreszcie jedna na skraju pierwszego rzędu mruknęła:

— Każde? Nie damy rady załatwić się ze wszystkimi!

Superwiedźma podskoczyła, jak gdyby ktoś przyłożył jej batem.

— Którrrha to? — warknęła. — Którrrha? Kto śmie ze mną się spierrrhać? To ty, tak?

Palec w rękawiczce niczym szydło mierzył w wiedźmę, która się odezwała.

— Nie, nie, Wasza Wysokość — zapiszczała

tamta. — Wcale nie chciałam się spierać. Ja tylko
tak mówiłam do siebie.

— Śmiesz się ze mną drrrhoczyć?! — wrzasnęła
Superwiedźma.

— Nie, nie, mówiłam tylko do siebie! — błagal-
nym głosem powtórzyła tamta. — Przysięgam, Wasza Wysokość.

Teraz nieszczęśniczka dygotała już na całym
ciele nie mniej ode mnie.

Superwiedźma zrobiła krok do przodu i zasy-
czała tak, że struchlałem z przerażenia.

Wiedźma tak durrrhna, że pyskuje,
Niechaj płomieni posmakuje.

— Nie, nie! — kwiliła ofiara, ale Superwiedźma
ani myślała się nad nią litować.

A skoro kłótnia jej się marzy,
Niechaj jak frrrhytka się usmaży.

— Ratunkuuu! — zawyła wiedźma w przednim rzędzie.

Superwiedźma nie zwracała na nią uwagi.

Taka jak ty krrrhetynka marrrhna,
Niechaj się piecze, aż będzie czarrrhna!

— Błagam, Wasza Wysokość! — krzyczała nieszczęsna winowajczyni. — Już nigdy! Proszę!

Ale Superwiedźma kontynuowała swój straszny recital.

Wiedźma, co mnie się przeciwstawi,
Długo na świecie tym nie zabawi!

W następnej chwili z oczu Superwiedźmy trysnęły iskry, przypominające rozgrzane do białości opiłki metalu, i dwoma strumieniami ugodziły w wiedźmę, która nieopatrznie przemówiła. Widziałem, jak iskry wżerają się w nią. Wiedźma zaczęła straszliwie wyć, a z jej ciała buchnął kłąb dymu. Po całej sali rozszedł się smród palonego mięsa.

Nikt się nie poruszył. Wiedźmy, tak jak i ja, oniemiałe wpatrywały się w dymny obłok, a kiedy ten rozpłynął się w podmuchu od okna, krzesło było puste. Zauważyłem błyśnięcie czegoś strzępiasto-białego, niczym szarej chmurki, która z trzepotem wzniosła się i zniknęła za oknem.

Dopiero teraz rozległo się pełne przerażenia westchnienie.

Superwiedźma popatrzyła po zebranych.

— Mam nadzieję, że nikt już więcej nie ma ochoty na sporrrhy? — zauważyła.

Zapanowała grobowa cisza.

— Usmażona jak frrrhytka! — powiedziała złowieszczo Superwiedźma. — Ugotowana jak marrrhchewka! Już nigdy jej nie zobaczycie!!! A terrrhaz wrrrhacamy do naszych sprrrhaw!

Receptura 86:
Powolna zamiana w mysz

— Dzieci są wstrrrhętne! — krzyknęła Super-wiedźma. — Wszystkie je wytrrrhopimy, wygrrrhy-ziemy, wykończymy! Prrrhecz z dzieciarrrhnią!

— Tak! — chórem ryknęły zebrane. — Wytropi-my! Wygryziemy! Precz!!!

— Dzieci śmierrrhdzą! Dzieci cuchną! — huk-nęła Superwiedźma.

— Tak! Tak! — zawtórowały jej podwładne. — Śmierdzą! Cuchną!

— Dzieci to brrrhudasy i brzydalce! — krzyk-nęła.

— Brudasy i brzydalce!

— Dzieci śmierrrhdzą jak psie siki! — zawyła Superwiedźma.

— Fuuuu! Uuuuh! Buuuu! — zahuczała reszta sali.

— Śmierrrhdzą nawet gorzej!!! Psie siki to przy dziecku bzy i rrrhóże!!!

— Bzy i róże!

Reszta nie tylko powtarzała za swoją szefową, ale każde jej zawołanie witała oklaskami i wiwatami. Można by pomyśleć, że rzuciła na nie jakiś czar.

— Mówienie o dzieciach sprrrhawia, że jestem chorrrha! — wykrzyknęła Superwiedźma. — Na-wet gdy myślę o nich, już jestem chorrrha!

Na chwilę umilkła, przenosząc wzrok z jednej wiedźmy na drugą, a te czekały chciwie na dalszy ciąg.

— A terrrhaz dowiedzcie się, że... — zawiesiła głos i przez chwilę trwała cisza jak makiem zasiał — ...że mam gigantyczny plan! Plan, jak pozbyć się co do jednego wszystkich bachorrrhów angielskich!!!

Wiedźmy wstrzymały oddech, rzuciły sobie spojrzenia pełne podniecenia, a potem wlepiły oczy w podium.

— Taaak! — huknęła Superwiedźma. — Wygnieciemy je, wytępimy je do cna i do końca! Nie pozostanie nawet jeden bachorrrh w całej Anglii!

— Uooouuu! — krzyknęły wiedźmy, klaszcząc w dłonie. — Wasza Wysokość! Jesteś najwspanialsza! Najgenialniejsza!

— Cisza! Zamknąć się! — straciła panowanie. — Słuchajcie dobrze, żeby mi potem nie było żadnych fuszerrrhek!

Całe zgromadzenie zastygło w napięciu, aby nie uronić nawet słówka.

— Każda terrrhaz... — Superwiedźma zaczęła wolno cedzić wyrazy — ...wrrrhóci do siebie do domu i natychmiast zrrrhezygnuje z prrrhacy! Zrrrhozumiano?! Wszystkie rrrhezygnują! Rrrrhe--zy-gnu-ją!

— Tak! — zawołały z entuzjazmem. — Rzucamy pracę!

— A potem każda z was kupi sobie... sprrrhawi sobie... — zawiesiła głos.

— Szybciej, szybciej, Wasza Wysokość, co sobie kupimy?

— Cukierrrhnię!!! — wykrzyknęła Superwiedź-ma.

— Cukiernię! Cukiernię! Każda będzie miała cukiernię! Ale numer!!!

— Każda będzie prrrhowadzić cukierrrhnię i mają to być najlepsze sklepy ze słodyczami w całej Anglii!!!

— Tak! Tak! Tak! — wrzasnęły wiedźmy z entuzjazmem, a ten zbiorowy ryk metalicznych głosów przypominał wielką armię dentystycznych wierteł.

— I żadnych mi tam sklepików z gazetami, małych klitek! Prrrhawdziwe, ogrrrhomne cukierrrhnie! A w nich całe górrrhy, całe stosy najsłodszych frrrhykasów!

— Najsłodszych! Najsłodszych! Będziemy kupować najlepsze cukiernie w mieście.

— Nie będzie żadnych trrrhudności — ciągnęła Superwiedźma — bo kiedy dacie czterrrhy rrrhazy tyle, ile sklep jest warrrht, nikt wam nie odmówi. Forrrhsa to, jak dobrze wiecie, dla wiedźm żaden prrrhoblem. Przywiozłam ze sobą sześć kufrrrhów, a każdy po brzegi jest pełen nowiutkich, szeleszczących angielskich forrrhsiaczków. A wszystkie — dodała z dumnym uśmiechem — domowej rrrhoboty!

Cała sala parsknęła śmiechem, doceniając dowcip. Nagle jedna z wiedźm, cała już rozpromieniona na samą myśl, że będzie właścicielką cukierni, zerwała się i wykrzyknęła:

— Bachory się cisną drzwiami i oknami, a ja im podaję zatrute ciasteczka i cukierki! Wytruję wszystkie jak karaluchy!!!

Sala nagle zamarła. Malutka Superwiedźma najpierw zesztywniała, a potem zawrzała gniewem.

— Którrrha jest taka durrrhna? Którrrha, pytam? Ty? Ty tam?

Zapytana usiadła czym prędzej i ukryła twarz w dłoniach zakończonych pazurami.

— Ty krrrhetynko! — wrzeszczała Superwiedźma. — Ty zakuta pało! Nie rrrhozumiesz, że jak zaczniesz trrrhuć, to pięć minut i po tobie??? Jeszcze nigdy nie słyszałam, żeby którrrhaś wiedźma wygadywała podobne durrrhnoty!

Wszystkie wiedźmy skuliły się w sobie, najwidoczniej przekonane, podobnie jak ja, że zaraz nastąpi kolejny popis straszliwych iskier. O dziwo jednak, tak się nie stało. Długo trwała ciężka cisza, którą Superwiedźma przerwała, sycząc:

— Czy nie wiecie, że my, wiedźmy, korzystamy tylko z magii?

— Wiemy, Wasza Wysokość! — cała sala ryknęła jak jedna dama. — Oczywiście, że wiemy!!!

Superwiedźma zatarła dłonie w rękawiczkach i krzyknęła:

— A zatem każda kupuje śliczną, wielką cukierrrhnię! A potem wszystkie wywiesicie w oknach ogłoszenie, że tego i tego dnia jest Wielkie Otwarrrhcie, z darrrhmowymi cukierrrhkami, darrrhmową czekoladą i w ogóle!!!

— Zlezą się bachory jak muchy do miodu! — zachichotały zebrane. — Może nawet będą się tratować w drzwiach!!!

— Wy zaś na to Wielkie Otwarrrhcie — ciągnęła Superwiedźma — każdy cukierrrhek, każdy smakołyczek napełnicie moim najnowszym wynalazkiem! Zapamiętajcie: RRRHECEPTURRRHA 86: POWOLNA ZAMIANA W MYSZ.

Zapanował ogólny entuzjazm.

— Powolna zamiana w mysz! Powolna zamiana w mysz! Jej Wysokość znowu coś przygotowała! Nowy cudowny przepis na wykańczanie bachorów! Jak mamy to zrobić, Wasza Wysokość?!

— Uspokójcie się! — ofuknęła je Superwiedźma. — Najpierrrhw wam wyjaśnię, jak to działa. Sza!!!

— Tak, słuchamy, słuchamy — zaszemrały wiedźmy, ale widać było, że nie posiadają się z niecierpliwości, bo co chwilę wstawały i siadały.

— Rrrhecepturrrha 86 to zielona ciecz — zaczęła wyjaśniać — i starrrhczy po jednej krrrhopelce do każdego ciasteczka czy cukierrrheczka. A działa to tak: bachorrrh zjada cukierrrhek,

80

wrrrhaca wesolutki do domu, rrrhano się budzi, wszystko po starrrhemu. Idzie do szkoły, nic się nie dzieje. Rrrhozumiecie, to forrrhmuła z opóźnionym działaniem, więc na rrrhazie nic się nie dzieje...

— Rozumiemy, Wasza Wysokość, ale jak już zacznie działać...?

— Zacznie działać dokładnie o dziewiątej, kiedy bachorrrhy zwalają się do szkoły! — ryknęła triumfalnie Superwiedźma. — Ledwie taki wejdzie do szkoły, forrrhmuła zaczyna działać. Bachorrrh się kurrrhczy. Rrrhośnie mu sierrrhść. Rrrhośnie mu ogon. A wszystko to trrrhwa dwadzieścia czterrrhy sekundy. Po dwudziestu czterrrhech sekundach nie ma już żadnego dzieciaka, a co jest? Myyyysz!

— Myyysz!!! — zawyły wiedźmy. — Cudownie! Wspaniale!

— Klasa pełna myszy! — darła się Superwiedźma. — Wyobrrrhaźcie sobie tylko! We wszystkich szkołach jak Anglia długa i szerrrhoka jedna wielka awanturrrha! Nauczyciele podskakują. Nauczycielki wskakują na stoły i w krzyk: „Rrrhatunku! Rrrhatunku! Rrrhatunku!"

— Awantura! Ratunku! — wiedźmy przekrzykiwały jedna drugą.

— A co dalej dzieje się w każdej szkole? — krzyczała Superwiedźma.

— Powiedz nam! Powiedz!!! — odpowiedziały krzykiem wiedźmy.

Superwiedźma wyciągnęła swą chudziutką szyję do przodu i uśmiechnęła się do zgromadzenia, odsłaniając dwa rzędy spiczastych, odrobinę niebieskawych zębów.

— Wszędzie pojawią się pułapki na myszy! — podniosła jeszcze głos.

— Puuuułaaapkiii!!!

— Z serrrhem! — krzyknęła Superwiedźma. — Nauczyciele drrrhałują do sklepów, wykupują

pułapki na myszy, wykupują serrrh i rrrhozsta-
wiają po całej szkole! Mysz skubie serrrhek!
A pułapka buuurrrh! Po całej Anglii pułapki trzasku-trzask, burrrhuu-burrrh, a po szkołach
turrrhlają się mysie łebki!!! W każdej szkole w Anglii nic tylko: trzasku-trzask, burrrhu-burrrh!

Superwiedźmę ogarnął taki zapał, że zaczęła
przytupywać na podium i klaskać w dłonie. Natychmiast przyłączyła się cała reszta zgromadzenia, a powstał taki hałas, że tylko czekałem, kiedy
do drzwi zacznie się dobijać pan Stringer. Nic takiego jednak nie nastąpiło.

Nad wszystkimi górował głos Superwiedźmy,
która śpiewała coś w rodzaju obrzydliwego hymnu:

Dość bachorrrhów! Dość dzieciarrrhni!
Na patelnię wszystkie zgarrrhnij!
I podpalaj, i dopiekaj,
W drrrhobną kostkę je posiekaj!
Daj ciasteczko im myszkowe,
Żeby zjadły, gładź po głowie.
Niech po uszy się napchają,
I do domków niech wrrrhacają.
A rrrhaniutko — jak co rrrhano —
Niech norrrhmalnie sobie wstaną,
Niech do szkoły podrrrhałują,
Tam dopierrrho coś poczują.
„Ach, ogonek mi wyrrrhasta!”
Drze się jedna przygłupiasta,
I kolega ma boleści:
„Skąd jest u mnie tyle sierrrhści?”
Krzyczy inny oniemiały:

„Wąsy nam powyrrrhastały!"
Zrrrhozpaczone są drrrhyblasy:
„Czemu krrrhótkie mam kulasy?"
Wszystkim bowiem łapki czterrrhy
Tkwią u boczków jak bajerrrhy.
I w zupełnej nagle ciszy
Nie ma dzieci! Tylko MYSZY!!!

W każdej szkole myszy siła
Nagle skądś się wyrrrhoiła!
I belferrrhki w strrrhachu krzyczą:
„Zrrrhóbmyż coś z tą mysią dziczą!!!"
Na pulpity podskakują,

Ale nadal się strrrhesują,
Więc wołają o pułapki,
Te podstępne z serrrhkiem klatki,
Którrrhe tylko: Łup! Łup! Łup!
Aż się ściele mysi trrrhup!
Jaki wielki hałas słychać,
Ulubiona wiedźm muzyka!
I padliny mysiej stosy
Wznoszą się aż pod niebiosy,
Ale dziecięcego licha
Ani widu, ani słychu,
Więc się drrrhęczą w szkole wszyscy:
„Gdzie są nasi milusińscy?
Już dziewiąta hen w oddali,
Nigdy tak się nie spóźniali".
Belfrrrhy rrrhobić co nie wiedzą,
Jedni chodzą, inni siedzą.
A do głowy myśl się pcha:
„O co jest ta cała grrrha???"
WIEDŹMY KRZYCZĄ: „HEJ! HURRRHA!"

Przepis

Mam nadzieję, że nie zapomnieliście, że przez cały ten czas tkwiłem na klęczkach za parawanem z jednym okiem przyciśniętym do szczeliny. Nie wiem, jak długo to już trwało, ale gotów byłem przysiąc, że całe wieki. Najgorzej, że nie mogłem ani zakasłać, ani wydać żadnego dźwięku, gdyż byłoby po mnie. Przez cały czas dręczyła mnie też myśl, że któraś z wiedźm swymi szczególnymi nozdrzami wyniucha mnie za moim parawanem.

Jedyną nadzieję mogłem pokładać w tym, że nie myłem się od kilku dni. Liczyłem też na wrzawę, która bez przerwy wypełniała salę. Wiedźmy zajęte były tylko swoją Superwiedźmą Całego Świata i jej wielkim planem oczyszczenia Anglii z dzieci. Z pewnością nawet w ich najdzikszych marzeniach (jeśli wiedźmy mają marzenia) nie pojawiła się myśl, że jedno z nich mogło znajdować się tak bardzo blisko. Musiałem się modlić, żeby nic nie przypomniało im o zapachach.

Umilkła obrzydliwa pieśń Superwiedźmy i publiczność szalała z zachwytu.

— Cudownie! Wspaniale! Jesteś najmądrzejsza na całym świecie, Wasza Wysokość! Trucizna z opóźnionym działaniem! Genialne!!! A na dodatek, to nauczyciele ukatrupią te swoje dzieciaczki!!! Do nas nikt się nie dobierze!!!

— Do wiedźm nikt nigdy się nie dobierze! — ostro

oznajmiła Superwiedźma. — Uwaga! Terrrhaz wszystkie macie mnie słuchać uważnie, gdyż powiem, co trzeba sobie przygotować, żeby sporządzić Rrrhecepturrrhę 86.

Nagle przez zgromadzenie przetoczył się głośny szmer, a potem rozległo się szuranie krzeseł i okrzyki:

— Myszy! Myszy! Myszy! Żeby nam pokazać! Najmądrzejsza zamieniła dwa bachory w myszy i — patrzcie!!!

Spojrzałem na podium. Istotnie, były tam dwie myszy, biegające wokół Superwiedźmy.

Nie były to jednak myszy polne czy domowe, tylko dwie białe myszki! Natychmiast rozpoznałem, że to mój William i moja Mary.

— Myszy! — wrzeszczały dalej wiedźmy. — Nasza przywódczyni wyczarowała je nie wiadomo skąd. Pułapkę! Sera!!!

Zobaczyłem, że Superwiedźma schyla się i z wyraźnym zaciekawieniem przygląda się Williamowi i Mary. Potem nachyla się, żeby zobaczyć je lepiej, a wreszcie prostuje się i woła:

— Spokój!

Wszystkie wiedźmy natychmiast się uciszyły i usiadły.

— To nie moje myszy! — krzyknęła Superwiedźma. — To jakieś hodowlane!!! Musi je trzymać jakiś bachorrrh z tego hotelu! I to pewnie jakiś smarrrhkacz, bo dziewczyny boją się myszy!

— Smarkacz!!! — wiedźmy wrzasnęły jak jedna dama. — Śmierdziel! Dopadniemy go! Zjemy go na śniadanie!

— Dość! — wrzasnęła Superwiedźma. — Dobrze wiecie, że tu w hotelu nie wolno wam zwrrrhacać na siebie uwagi! Pewnie, że trzeba z nim zrrrhobić porządek, ale terrrhaz macie się zachowywać jak szanowne damy z Krrrhólewskiego Towarzystwa do Walki z Okrrrhucieństwem wobec Dzieci.

— Tak, powiedz nam więc, co zrobić z tym smarkaczem?!

„To o mnie mówią" — pomyślałem. „Zastanawiają się, jak mnie zlikwidować!"

W jednej chwili cały pokryłem się potem.

— Kimkolwiek jest, nie jest aż taki ważny — oznajmiła lekceważąco Superwiedźma. — Możecie zostawić go mnie. Wywącham go, zamienię w makrrrhelę i zjedzą go na obiad.

— Brawooo! — krzyczały zachwycone wiedźmy.

— Uciąć mu łeb, wypatroszyć i usmażyć na oleju!

Łatwo chyba zrozumieć, że nie czułem się najlepiej. Moje myszki dalej biegały po podium. Zobaczyłem, jak Superwiedźma bierze zamach i szpicem buta trafia Williama, który niczym wystrzelony z armaty pofrunął w powietrze. To samo zrobiła z Mary. Jej kopnięcie było wspaniałe. Byłaby z tej potwory świetna futbolistka. Obie myszy uderzyły o ścianę, przez chwilę leżały ogłuszone, a potem wolno powlokły się w kąt.

— A terrrhaz, uwaga! — ryknęła Superwiedźma. — Podaję wam Rrrhecepturrrhę 86: PZM. Wszystkie niech wezmą papierrrh i długopis!

Wszędzie rozległ się trzask otwieranych torebek i szelest wydobywanych notatników.

— Daj nam przepis, Wasza Wysokość! Szybko,

szybko! Zdradź nam sekret! — gorączkowały się niektóre.

— Najpierrrhw — oznajmiła Superwiedźma — musiałam znaleźć coś, co szybko zmniejszy bachorrrha.

— Co to takiego? Co? — sypnęły się pytania.

— To akurrrhat było barrrhdzo łatwe. Jeśli chcesz szybciutko pomniejszyć dzieciaka, popatrz na niego przez teleskop ze złej strrrhony.

— Genialnie! Jesteś wybitna! Kto inny wpadłby na taki pomysł?

— No więc bierzecie zły koniec teleskopu i gotujecie do miękkości.

— Ile to zajmie?

— Dwadzieścia jeden godzin — poinformowała Superwiedźma. — A wy w tym czasie chwytacie dokładnie czterrrhdzieści pięć brrrhązowych myszy, nożem do mięsa odcinacie im ogonki i smażycie na brrrhylantynie, aż będą chrrrhupiące.

— A co mamy zrobić z resztą myszy?

— Dusicie je w najlepszym żabim soku. Ale uwaga, na rrrhazie to najłatwiejsza część przepisu. Prrrhawdziwy kłopot to dodać coś, co spowolni rrrheakcję, tak że bachorrrhy zjadają nasz prrrheparrrhat, ale ten zaczyna działać dopierrrho następnego dnia o dziewiątej, kiedy są już w szkole.

— No i co wymyśliłaś, Wasza Wysokość? Co? Zdradź nam ten wielki sekret!

— Sekrrrhet... — triumfalnie oznajmiła Superwiedźma — sekrrrhet to budzik!

— Budzik! — zawyły wiedźmy. — Genialnie!

— Nastawiacie go dzisiaj, żeby dzwonił za dwadzieścia czterrrhy godziny, a jutrrrho dokładnie o dziewiątej zacznie działać!

— Ale trzeba będzie jednego budzika na każde dziecko? — zauważyła jedna z wiedźm. — Skąd weźmiemy pięć milionów budzików?

— Co za idiotka! — obruszyła się Superwiedźma. — Czy jak chcesz mieć gulasz, to gotujesz całą krrrhowę? Tak samo z budzikiem. Jeden starrrhczy na tysiąc bachorrrhów. A rrrhobicie tak. Nastawiacie budzik na dziewiątą następnego rrrhanka, a potem zapiekacie, aż będzie chrrrhupki i miękki. Zapisujecie wszystko?

— Tak, tak, Wasza Wysokość!!! — odpowiedziały krzykiem.

— Terrrhaz bierzecie ugotowany teleskop, usmażone ogonki, ugotowane myszy, zapieczony budzik, wrzucacie wszystko do mikserrrha i puszczacie go na najwyższe obrrrhoty. Z tego będzie piękna, gęsta pasta, ale w tym czasie musicie się wystarrrhać o jajka burrrhczaka.

— Burczaka! Pewnie! — odkrzyknęła sala.

Usłyszałem, jak jedna z wiedźm z ostatniego rzędu mruczy do drugiej:

— Ja już jestem za stara na łażenie po gniazdach, a te burczaki zawsze wiją je wysoko.

— Dodacie te jajka — ciągnęła Superwiedźma — a potem jeszcze dokładnie w takiej kolejności: pazurrrh krrrhabożerrrha, dziób

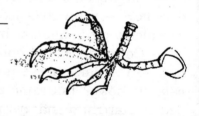

przygaduchy, rrrhyj szczegrzyny i ozórrrh prrrhykota. Mam nadzieję, że będziecie wiedziały, jak je znaleźć?

— Pewnie! — zakrzyk-

nęły wiedźmy. — Na
harpun szczegrzynę,
na hak krabożera,
zastrzelić przyga-
duchę i w sidła pry-
kota.

— Wspaniale! — pochwaliła Superwiedźma. —
A kiedy już wszystko rrrhazem zmieszacie w mikse-
rze, będziecie miały
śliczny zielony płyn.
Wystarrrhczy jedna
krrrhopla, jedna
maluteńka krrrhop-
la do czekoladki czy cukierrrheczka, a o dziewiątej
następnego dnia bachorrrh, którrrhy je zje, w dwadzieścia czterrrhy sekundy zamienia się w mysz! Ale
ostrzegam! Nie przedawkujcie!!! Nigdy więcej niż
jedną krrrhoplę i nigdy więcej niż jeden smakołyk
dla każdego dziecka. Jeśli dacie za dużo naszego
specjału, zamiana nastąpi zbyt szybko. Przy znacz-
nej przesadzie dokona się to w jednej chwili, a przecież tego wolałybyście uniknąć, prrrhawda? Żeby
dzieciak zamienił się w mysz w waszej cukierrrhni,
na oczach wszystkich? Dlatego powtarzam,
ostrrrhożnie!!!

Bruno Jenkins znika

Superwiedźma wcale jeszcze nie skończyła.

— Chcę wam terrrhaz pokazać, że ta rrrhecep-turrrha działa niezawodnie. To chyba jasne, że budzik możecie nastawić na dowolną godzinę. To wcale nie musi być dziewiąta. Dlatego wczorrrhaj osobiście przygotowałam odrrrhobinę mikstu-rrrhy, aby dokonać publicznej demonstrrrhacji. Zrrrhobiłam jedną małą zmianę: budzik przed zapieczeniem nastawiłam nie na dziewiątą dziś rrrhano, lecz na wpół do czwarrrhtej po południu. A to znaczy, że zacznie działać... — zerknęła na zegarek — ...dokładnie za siedem minut!

Wszystkie wiedźmy zamarły, czując, że zaraz stanie się coś niezwykłego.

— I co zrrrhobiłam dzisiaj rano z magicznym płynem? — Superwiedźma zawiesiła głos, a potem ciągnęła: — Zarrrhaz wam powiem. Malutką krrrhopelkę wpuściłam do batonika i poczęstowałam nim wstrrrhętnego bękarrrhta, którrrhy krrrhęcił się tutaj w holu.

Superwiedźma znowu urwała, a wszystkie zgromadzone czekały w napięciu.

— Patrzyłam, jak się obżerrrha tym batonikiem, a kiedy skończył, spytałam: „Dobrrrhe było?" On na to, że świetne. „A chciałbyś jeszcze?" „Tak". A ja na to: „To dostaniesz jeszcze sześć takich czekoladek, jeśli się zjawisz dwadzieścia pięć po trzeciej dzisiaj po południu w sali balowej". „Sześć???" — zawołał ten obżarrrhtuch. „Sześć??? Będę. Na pewno". Wszystko więc przygotowane. Żeby wiedzieć, jaki jest pudding — trzeba go skosztować! Pamiętajcie, że nastawiłam zegarrrhek na wpół do czwarrrhtej. Terrrhaz jest... — spojrzała na przegub — ...dwadzieścia pięć po trzeciej, więc smarrrhkacz, którrrhy za pięć minut zamieni się w mysz, powinien być właśnie pod drzwiami!

I miała całkowitą rację. Ktoś właśnie zaczął szarpać za klamkę u drzwi i walić w nie niedużą pięścią.

— Szybko! — syknęła Superwiedźma. — Z powrrrhotem: perrrhuki, rrrhękawiczki, buty!!!

Wiedźmy w wielkim pośpiechu rzuciły się wykonywać jej polecenia, sama zaś Superwiedźma Całego Świata nałożyła maskę na swą obrzydliwą twarz. Jakaż to była zdumiewająca przemiana — jeden zręczny ruch i oto widziałem na podium śliczną, młodą damę niewielkiego wzrostu.

— Wpuść mnie! — rozległ się zza drzwi chłopięcy głos. — Gdzie te obiecane batoniki? Chcę je dostać. Przyszedłem, jak kazałaś!

— Nie tylko cuchnie, ale jeszcze jest chciwy — rzuciła półgłosem Superwiedźma. — Otwórzcie drzwi z łańcucha i wpuśćcie go.

Zdumiewające w jej masce było to, że usta poruszały się zupełnie naturalnie. Nikt by nawet nie przypuścił, że to maska.

Ta z wiedźm, która zamykała drzwi, zdjęła łańcuch i otworzyła podwoje, a potem usłyszałem, jak mówi:

— Ach, witaj, mój mały. Świetnie, że jesteś.

Przyszedłeś po swoje batoniki, prawda? Już czekają na ciebie. Wejdź.

Do sali wszedł chłopiec w białym T-shircie, szarych spodenkach i adidasach. Poznałem go od razu. Nazywał się Bruno Jenkins i mieszkał w hotelu razem z rodzicami. Niespecjalnie mi się podobał. To jeden z tych kolesiów, którzy zawsze coś jedzą, kiedykolwiek ich zobaczysz. Spotykasz go w holu — pałaszuje pączka; na korytarzu — garściami wpycha do ust chipsy ziemniaczane; w ogrodzie — odwija jeden Milky Bar, a dwa następne wystają mu z kieszeni. Poza tym ciągle się przechwalał, że jego tata zarabia więcej od mojego i że mają trzy samochody. Ale najbardziej nie spodobał mi się wczorajszego ranka. Zobaczyłem, jak klęczy na tarasie hotelowym ze szkłem powiększającym w ręku. Z bliska zorientowałem się, że pochylony nad maszerującymi szeregiem mrówkami tak kieruje na nie zebrany w szkle powiększającym promień słoneczny, że jedna po drugiej palą się żywcem.

— Lubię patrzyć, jak się smażą — powiedział na mój widok.

— To wstrętne! — zawołałem. — Przestań natychmiast.

— Ciekawe, jak mnie zmusisz — odparł hardo.

Popchnąłem go z całej siły, tak że poleciał na taras. Szkło powiększające wypadło mu z ręki i rozbiło się na drobne kawałki. Zerwał się z krzykiem:

— Mój tata ci pokaże!!!

I pobiegł, chyba na poszukiwanie swego bogatego taty. Od tego czasu aż do teraz nie widziałem Brunona Jenkinsa. Nie bardzo wierzyłem, że zaraz zamieni się w mysz, chociaż muszę przyznać, że w skrytości ducha na to liczyłem. Tak czy owak, wolałbym teraz nie zamieniać się z nim miejscami.

— Ach, kochany chłopaaaczku — zaszczebiotała z podium Superwiedźma. — Czekoladki już są dla ciebie przygotowane. Ale chodź najpierrrhw i przywitaj się ze wszystkimi paniami.

Głos miała teraz zupełnie inny niż przed chwilą: miękki i słodziutki.

Bruno był trochę zaskoczony, ale pozwolił się zaprowadzić na podium, gdzie stanął obok Superwiedźmy. Rozejrzał się po sali i spytał tonem pełnym pretensji:

— No i gdzie te moje sześć batoników?

Zauważyłem, że wiedźma, która wpuściła Brunona, z powrotem zamyka drzwi na łańcuch. On nie zwrócił na to uwagi, gdyż bez reszty zaprzątał go teraz problem czekoladek.

— Mamy już tylko minutę do wpół do czwarrrhtej! — triumfalnie oznajmiła Superwiedźma.

— Co tu się w ogóle dzieje? — spytał Bruno, który nie był wprawdzie zaniepokojony, ale coś mu się w całej sytuacji nie podobało. — Dawaj mi moje batoniki!

— Trzydzieści sekund! — wykrzyknęła wpatrzona w zegarek Superwiedźma i chwyciła Brunona za ramię. On jednak wyrwał się i spojrzał na nią podejrzliwie. Odpowiedziała mu przyjaznym spojrzeniem i uśmiechnęła się. Cała sala wpatrywała się teraz w Jenkinsa.

— Dwadzieścia sekund!

— Dawajcie czekoladki i wypuśćcie mnie stąd! Bruno nagle się zaniepokoił.

— Piętnaście sekund!

— Czy któraś z was może mi powiedzieć, o co tu chodzi? — Bruno zwrócił się do publiczności.

— Dziesięć! — wołała podniecona Superwiedźma. — Dziewięć!... Osiem!!! Siedem!... Sześć!... Pięć!... Czterrrhy!... Trzy!... Dwa!... Jeden!... Zerrrho! Starrrht!

Przysiągłbym, że usłyszałem dźwięk budzika.

Bruno podskoczył, jak ktoś, komu nagle wbijają igłę w pośladek, i wrzasnął:

— Oj!!!

Podskoczył tak wysoko, że znalazł się na małym stoliku stojącym w głębi podium i tupiąc weń nogami, darł się jak opętany. Nagle ucichł, a całe jego ciało zesztywniało.

— Zaczęło się umyszowienie! — oznajmiła Superwiedźma i sama zaczęła podskakiwać, klaszcząc w rękawiczki, a potem wyrecytowała:

Zarrrhaz ten bachorrrh śmierrrhdzący
Niczym buldoga odchody
Będzie inaczej chodzący,
Nabierze mysiej urody!

Bruno zmniejszał się, a jednocześnie miejsce jego ubrania zajmowała brunatna sierść...

Znienacka pojawił się ogonek...

Wąsiki...

Miał już cztery stópki...

Wszystko działo się tak szybko...

Trwało kilkanaście sekund...

Aż wreszcie nie było już Brunona...

Po blacie stolika biegała w kółko brązowa mysz!!!

— Brawo!!! — zawyła publiczność. — Zrobiła to! To działa! Wspaniałe! Ale wyczyn! Fantastyczne! Wasza Wysokość, jesteś genialna!

Wszystkie wiedźmy zerwały się na równe nogi i klaskały jak szalone, a tymczasem Superwiedźma wyjęła z kieszonki swej sukni pułapkę i zaczęła ją nastawiać.

„Och, nie!" — pomyślałem. Nie chciałem tego widzieć. Bruno mógł być palantem, ale wcale nie chciałem oglądać, jak odpada mu łebek!

— Gdzie on?! — syknęła Superwiedźma, rozglądając się dookoła. — Gdzie ta cholerrrhna mysz?

Nigdzie nie było widać Brunona, który musiał, korzystając z okazji, zeskoczyć ze stolika i schować się gdzieś w kącie, a może nawet w jakiejś dziurce. Całe szczęście!

— Mniejsza z tym! — zawołała Superwiedźma. — Uciszcie się i siadajcie!

Stare

Superwiedźma stanęła pośrodku podium i swe wężowe oczy przenosiła teraz powoli z jednej twarzy na drugą. Wiedźmy potulnie siedziały przed nią.

— Wszystkie, którrrhe mają ponad siedemdziesiątkę, niech podniosą rrrhęce!

Uniosło się siedem czy osiem dłoni.

— Obiło mi się o uszy... — wycedziła Superwiedźma — ...że jesteście już za starrrhe na to, aby się wdrrrhapywać do gniazd burrrhczaka.

— Tak, tak, Wasza Wysokość! — zakrzyknęły chórem. — Chyba nie damy rady!

— I że nie potrrrhaficie już złapać krrrhabożerrrha na przybrzeżnych skałach. Nie mogę też sobie wyobrrrhazić, jak uganiacie się za prrrhykotem, nurrrhkujecie za szczegrzyną albo łazicie po bagnach, żeby ustrzelić przygaduchę. Jesteście na to za starrrhe i za słabe.

— Tak właśnie! — przytaknęły. — Jesteśmy za stare! Za słabe!

— Dobrze służyłyście mi przez wiele lat — ciągnęła Superwiedźma — więc nie chciałabym, żebyście musiały sobie odmówić przyjemności zamiany parrrhu tysięcy bachorrrhów w myszy tylko dlatego, że wiek wam już na to nie pozwala. Własnorrrhęcznie przygotowałam więc trrrhochę magicznego płynu, którrrhy najstarrrhsze z was dostaną przed opuszczeniem hotelu.

— Dzięki! Dzięki! — jednym głosem zakrzyknęły wiekowe wiedźmy. — Za dobra jesteś dla nas, Wasza Wysokość! Taka wyrozumiała i łaskawa!

Superwiedźma poszukała w kieszeni swej sukni i wydobyła z niej małą buteleczkę.

— A oto prrrhóbka! Zawierrrha pięćset porrrhcji miksturrrhy. Starrrhczy, żeby zamienić w myszy pół tysiąca bachorrrhów!

Flaszeczka była z ciemnoniebieskiego szkła,

niewiele większa od tych, w których sprzedają krople do nosa.

— Każda z was dostanie po dwie takie buteleczki! — zawołała.

— Dzięki, dzięki, o najwspanialsza Wasza Wysokość! Nie uronimy ani jednej kropelki! Każda z nas obiecuje wytępić tysiąc dzieci!

— Zebrrrhanie zakończone! — oznajmiła Superwiedźma. — Oto dalszy rrrhozkład naszych zajęć. Terrrhaz wszystkie idziemy na słoneczny tarrrhas, żeby wypić herrrhbatę z tym durrrhnym dyrrrhektorrrhem. O szóstej wszystkie te, którrrhe są już za starrrhe, żeby się wspinać na drzewa, niech się zgłoszą do mojego pokoju, a każda dostanie po dwie buteleczki z Rrrhecepturrrhą 86. Pokój numerrrh czterrrhysta pięćdziesiąt czterrrhy. Nie zapomnijcie. Potem o ósmej wszystkie zbierrrhamy się w jadalni na kolacji. Dla miłych dam z Krrrhólewskiego Towarzystwa do Walki z Okrrrhucieństwem wobec Dzieci będą przygotowane dwa stoły. Tylko pamiętajcie o zatyczkach do nosa. W jadalni zawsze jest pełno tych małych śmierrrhdzieli i bez zatyczek nie da się znieść tego odorrrhu. Pamiętajcie też, że wszystkie zachowują się jak najnorrrhmalniej. Jasne? Czy są jakieś pytania?

— Ja mam jedno, Wasza Wysokość — rozległ się głos. — Co się stanie, jeśli taką przygotowaną przez nas czekoladkę zje ktoś dorosły?

— Podziała na niego tak samo jak na dziecko! — warknęła Superwiedźma. — Koniec zebrrrhania! Wychodzimy!

Wszystkie wiedźmy wstały i zaczęły szykować

się do wyjścia. Nie mogłem się doczekać, kiedy wreszcie się wyniosą, a ja będę mógł bezpiecznie wydostać się zza parawanu.

— Staaać! — zawyła nagle jedna z wiedźm z ostatniego rzędu. — Stać wszystkie!

Jej głos odbił się echem w sali balowej, jak syrena alarmowa. Wszystkie pozostałe nagle zatrzymały się i odwróciły do krzyczącej. Była ona jedną z najwyższych na sali. Teraz stała z głową odchyloną do tyłu i pociągając nosem, uważnie śledziła zapachy. Dobrze widziałem jej wielkie dziurki w nosie, różowe jak ostrygi.

— Stać! — krzyknęła znowu.

— Co się stało? — wołały inne jedna przez drugą.

— Psie siki! Właśnie poczułam ten obrzydliwy zapach!

— Gdzie tam! — obruszyła się któraś. — To niemożliwe!

— Tak, tak! — upierała się pierwsza. — Znowu! Lekki zapach, ale to na pewno to!!! Gdzieś tutaj, mówię wam!

— Co tam znowu? — wmieszała się Superwiedźma, która ciągle jeszcze stała na podium.

— Mildred właśnie poczuła psie siki, Wasza Wysokość — poinformowała ją któraś.

— A co to za bzdurrrhy? Pewnie psie siki ma w głowie! Tutaj nie ma żadnych bachorrrhów!

— Stać! Nie ruszajcie się! — wrzasnęła Mildred.

— Znowu poczułam! — Jej nozdrza poruszały się niczym rybie skrzela. — Teraz zapach jest mocniejszy. Żadna z was nie czuje?

Wszystkie głowy uniosły się i wszystkie nozdrza wiedźm zaczęły węszyć.

— Ma rację! — krzyknęła druga. — Zupełną rację! Psie siki, bez dwóch zdań!

I już w następnej chwili słychać było zawodzenia i oburzone jęki.

— Psieeee siki! Uuuuuu! Ale smróóód! Dlaczego nie poczułyśmy wcześniej? Jak w gnojówce! Ten śmierdziel musi być gdzieś blisko!

— Znaleźć go!!! — wrzasnęła Superwiedźma. — Wywęszyć mi go natychmiast i złapać!

Włosy stanęły mi na głowie niczym szczotka ryżowa i cały zalałem się zimnym potem.

— Wykrrrhyć! Wyśledzić! Wytępić! — Superwiedźma dygotała z wściekłości. — Nie pozwolić mu uciec! Jeśli jest tu, poznał wszystkie nasze największe tajemnice! Trzeba się go pozbyć rrrhaz na zawsze!!!

Metamorfoza

Pamiętam, że myślałem: „Nie ma ucieczki! Nawet gdybym dopadł do drzwi, to i tak są ciągle zamknięte na łańcuch! Już po mnie! Koniec! Och, babciu, co one mi zrobią?"

Nagle usłyszałem szmer, obejrzałem się i zobaczyłem nachylającą się nade mną wypacykowaną i wypudrowaną twarz wiedźmy, która otworzyła usta i wrzasnęła:

— Tutaj! Jest za parawanem! Szybko, szybko, żeby nie uciekł!

Wyciągnęła rękę w rękawiczce i złapała mnie za włosy, wyrwałem się jej jednak, odskoczyłem i rzuciłem się do ucieczki. Ależ ja gnałem! Z przerażenia jakby mi wyrosły skrzydła u nóg! Mknąłem pod ścianami ogromnej sali balowej i żadnej wiedźmie nie udało się mnie schwytać. Gdy znalazłem się przy drzwiach, rozpaczliwie je szarpnąłem, ale nadal był na nich łańcuch, więc nawet nie drgnęły.

Wiedźmy zresztą przestały się za mną uganiać. Stanęły po prostu w luźnych grupkach, dobrze wiedząc, że nie ma sposobu, abym się wydostał. Kilka z nich trzymało się za nosy i stękało zduszonymi głosami:

— Ale smród! Fuuu! Nie do zniesienia!!!

— To złapcie go, idiotki! — syknęła ze sceny Superwiedźma. — Najpierrrhw otoczcie go kołem, a potem je zacieśniajcie. Złapcie go i dajcie tu do mnie!

Naraz zaczęły się zbliżać do mnie ze wszystkich stron. Rozglądałem się przerażony, ale nie było ratunku. Znalazłem się w pułapce.

W poczuciu zupełnej bezsilności rozdarłem się na całe gardło, zwracając się do drzwi w nadziei, że ktoś może mnie usłyszeć.

— Pomocy!!! Ratunku!!! Ratunkuuu!

— Brrrhać go! — wściekłym głosem poleciła Superwiedźma. — Uciszyć! Niech tak nie wrzeszczy!

Skoczyły i w jednej chwili liczne palce chwyciły mnie za ręce, nogi i szyję, podrywając w powietrze.

Jeszcze krzyczałem, ale zaraz któraś dłoń w rękawiczce zatkała mi usta.

— Dawać go tutaj! Dawać mi tu zarrrhaz tego szpicla!!! — wrzasnęła Superwiedźma.

Poniosły mnie w stronę podium, a trzymały tak mocno, że mogłem tylko bezradnie wpatrywać się w sufit przesuwający się nade mną. Potem zobaczyłem nachylającą się nade mną twarz Superwiedźmy, której maska uśmiechała się w najobrzydliwszy sposób. Uniosła nade mną niebieską buteleczkę z Recepturą 86 i poleciła:

— A terrrhaz lekarrrhstwo! Zatkajcie mu nos, żeby musiał otworzyć usta.

Silne palce chwyciły mnie za nos, ale ja zacisnąłem usta i wstrzymałem oddech. Nie mogło to jednak trwać długo. W piersiach zaczęło mnie piec, rozwarłem więc wargi, żeby szybko złapać jeden głęboki oddech. Superwiedźma tylko na to czekała i błyskawicznie wlała mi do gardła zawartość flaszeczki!

Och, ten ból i ogień! Poczułem się tak, jakby mi do gardła wlano ukrop albo jakby rozgorzał tam pożar, który w szalonym tempie sięgnął do żołądka, a stamtąd zaczął się rozszerzać na ręce, nogi i całe ciało! Znowu zacząłem krzyczeć wniebogłosy, ale zaraz jakaś ręka zakryła mi usta. Potem poczułem, że skóra jakby mi się napinała. Jak inaczej to opisać? Miałem wrażenie, że skóra kurczy mi się wszędzie: od głowy po końce palców u rąk i nóg. Byłem jak balon, który ktoś zaczyna skręcać od góry, tak że robi się on coraz mniejszy, a powłoka — czyli moja skóra — coraz bardziej się napina i piecze.

Chwilę potem zaczęło się zgniatanie. Teraz byłem w ubraniu z żelaza, ktoś przykręcał śrubę, a z każdym jej obrotem ubranie robiło się coraz ciaśniejsze, a ja stawałem się podobny do pomarańczy w wyciskarce, która powoli zamienia się w paćkę i tylko sok wycieka bokami.

Potem zaś na całej skórze (czy na tym, co z niej zostało) zaczęło się mrowienie, jakby jakieś igiełki przebijały się przez nią — ale od wewnątrz! Dopiero po chwili uświadomiłem sobie, że rośnie mi mysie futerko.

Skądś z daleka dobiegł mnie głos Superwiedźmy:

— Pięćset dawek! Ten mały śmierrrhdziel dostał pięćset dawek i oto mamy działanie natychmiastowe! Bez żadnego opóźnienia!

Pamiętam, że do wtóru brawom i okrzykom myślałem: „Nie jestem już sobą! Dosłownie wyszedłem ze skóry!"

Zauważyłem, że podłogę miałem teraz dosłownie o cal od nosa.

Zauważyłem także, że spoczywały na niej łapki, którymi mogłem poruszać. Były moje!

A więc nie byłem już żadnym chłopcem. Byłem MYSZEM.

Doprawdy nie wiem, jak to inaczej powiedzieć. Kiedy wcześniej patrzyłem na przemienionego Brunona, widziałem po prostu mysz. Teraz jednak z dawnego mnie zostało na przykład to, że właśnie „widziałem", a nie: „widziałam".

— Czas na pułapkę! — krzyknęła Superwiedźma. — Mam ją tutaj, a tutaj... kawałek serrrhka!

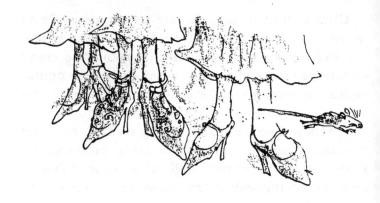

Ale ja ani myślałem czekać. Niczym błyskawica przemknąłem przez podium! Sam byłem zdumiony swoją szybkością! Smyknąłem przez stopy wiedźm, nie wiadomo kiedy zeskoczyłem ze schodków na podłogę sali balowej i już gnałem między rzędami krzeseł. Bardzo mi się podobało to, że poruszam się zupełnie bezszelestnie. Byłem chyży i bezgłośny. O dziwo, zniknął też gdzieś cały ból. Czułem się świetnie. „W końcu to całkiem fajne — myślałem sobie — być malutkim i szybkim, kiedy czyha na ciebie tyle drapieżnych bab". Zatrzymałem się przy tylnej nodze jednego z krzeseł i tam znieruchomiałem.

W oddali Superwiedźma krzyczała:

— Dajmy spokój temu śmierrrhdzielowi! Nie warrrhto się za nim uganiać. Przecież terrrhaz to tylko durrrhna mysz. Wkrrrhótce złapie ją ktoś inny. Chodźmy stąd! Zebrrrhanie skończone! Otwierrrhać drzwi! Musimy się spieszyć na słoneczny tarrrhas, bo z herrrhbatką czeka na nas ten przygłup dyrrrhektorrrh!

Bruno

Zza nogi mojego krzesła widziałem, jak wiedźmy opuszczają salę balową. Kiedy wyszły już wszystkie i zapanowała zupełna cisza, ostrożnie zrobiłem kilka kroków po podłodze. Nagle przypomniałem sobie Brunona. Musiał przecież gdzieś tutaj być.

— Bruno! — zawołałem.

Właściwie nie sądziłem, że w ogóle będę mógł mówić teraz, gdy stałem się myszem, tymczasem usłyszałem, że z pyszczka wydobywa się mój najnormalniejszy, wcale nie cichszy głos.

Zdumiewające! W podnieceniu zawołałem raz jeszcze:

— Bruno Jenkins, gdzie jesteś? Odezwij się, jeśli mnie słyszysz!

Ten sam głos, tak samo donośny jak wtedy, gdy byłem chłopcem.

— Ej, Jenkins, co z tobą?

Żadnej odpowiedzi.

Lawirowałem między nogami krzeseł, przyzwyczajając się do tego, że jestem tak blisko podłogi, co mi się nawet dosyć podobało. Pewnie się dziwicie, dlaczego w ogóle się nie martwiłem. Otóż myślałem sobie tak: „A co niby takiego fajnego w tym, że jesteś małym chłopcem? Dlaczego bycie myszem miałoby być od razu gorsze? To jasne, że myszy się łapie, że mogę wpaść w pułapkę albo zostać otruty, ale przecież i z dziećmi nie jest lepiej. Mogą zostać przejechane przez samochód albo umrzeć na jakąś okropną chorobę. Mali chłopcy muszą chodzić do szkoły, myszy — nie. Myszy nie muszą pisać klasówek. Nie muszą się martwić o pieniądze. Mają, jak się zdaje, tylko dwóch wrogów: ludzi i koty. Babcia jest człowiekiem, ale na pewno będzie mnie dalej kochać, kimkolwiek bym był. I nigdy, na szczęście, nie trzymała kota. Kiedy mysz dorośnie, nie będzie musiał iść na wojnę, żeby bić się z innymi myszami. Przypuszczam, że wszystkie myszy się lubią, a ludzie wcale nie. Tak, dużo chyba nie straciłem na tej zamianie".

Przemierzałem podłogę sali balowej, rozmyślając nad nową sytuacją, gdy nagle zobaczyłem drugą mysz. Przysiadła na tylnych łapkach i z zapałem obgryzała kawałek chleba.

To musiał być Bruno.

— Ej, Bruno — powiedziałem.

Patrzył na mnie ze dwie sekundy, a potem wrócił do skubania chleba.

— Co tam masz? — spytałem.

— Jednej z nich spadł kawałek kanapki z pastą rybną. Całkiem dobre.

Także i on mówił zupełnie normalnym głosem. Można się było spodziewać, że myszy będą mówić (jeśli w ogóle) cieniutko i piskliwie. Bardzo śmiesznie było słyszeć normalny, zawsze trochę za silny głos Brunona wychodzący z małego pyszczka.

— Posłuchaj, Bruno. Skoro obaj jesteśmy teraz myszami, to powinniśmy się trochę zastanowić nad przyszłością.

Przestał
jeść i świdrował
mnie swymi małymi,
czarnymi ślepkami.

— O co ci chodzi? — spytał wreszcie. — Jacy „my"? Ty jesteś myszą, mnie daj spokój.

— Myszem, nie myszą — poprawiłem go. — Ale ty też jesteś myszem, Bruno.

— Nie mów głupot — ofuknął mnie. — Nie jestem żadnym myszem.

— Obawiam się, że nie masz racji.

— Mam! — wrzasnął. — Dlaczego mnie obrażasz? Co złego ci zrobiłem, że nazywasz mnie myszą czy myszem?

— Naprawdę nie rozumiesz, co się z tobą stało?

— O czym ty gadasz?

— No to muszę cię poinformować, że całkiem niedawno wiedźmy zamieniły cię w mysza. To samo zrobiły ze mną.

— Kłamiesz! — krzyknął. — Nie jestem myszą.

— Gdybyś tak żarłocznie nie zajął się tą resztką kanapki, to może byś zauważył, że masz owłosione łapki. Tylko spójrz.

Bruno spojrzał, przez chwilę patrzył z niedowierzaniem, a potem wrzasnął:

— O kurczę! Ja rzeczywiście jestem myszą. Niech no tylko mój tata o tym się dowie!

— Może mu się to spo-
doba!

— Nie chcę być myszą!

— rozdarł się
Bruno, pod-
skakując na
swych ma-
łych nóż-
kach. —
Odmawiam bycia
myszą! Jestem Bruno Jenkins!

— To wcale nie jest najgorsze, co cię może
spotkać — powiedziałem odrobinę zniecierpli-
wiony. — Jako mysz możesz na przykład mieszkać w dziurze.

— A ja nie chcę mieszkać w dziurze! — wrzasnął Bruno.

— W nocy możesz się zakraść do spiżarki —
ciągnąłem — i dobrać się do tych wszystkich ro-
dzynków, płatków, herbatników w czekoladzie i co
tam jeszcze można znaleźć. Przez całą noc możesz
się tylko objadać. Tak robią myszy.

— To niegłupie — mruknął Bruno trochę oży-
wiony. — Ale jak otworzę sobie lodówkę, żeby się
dostać do kurczaka na zimno i innych resztek po
obiedzie czy kolacji? W domu zawsze tak robię
w nocy.

— Skoro twój ojciec jest taki bogaty, to może ci
zafunduje specjalną mysią lodówkę — podsu-
nąłem. — Taką, żebyś mógł ją otworzyć.

— Powiedziałeś, że jakaś wiedźma mnie za-

mieniła? — przypomniał sobie Bruno. — Jaka
wiedźma?

— Ta sama, która rano poczęstowała cię batonikiem. Nie pamiętasz?

— A to stara krowa! — krzyknął z wściekłością.
— Będzie miała za swoje! Gdzie ona jest? Co to za
baba?

— Na razie daj sobie z tym spokój, bo na nią nie
ma siły — powiedziałem. — W tej chwili największy
problem to twoi rodzice. Jak na to zareagują? Dalej będą cię lubić?

Bruno zastanawiał się przez chwilę.

— Tata to będzie chyba trochę zły.

— A mama?

— Ona strasznie boi się myszy.

— No to masz problem, prawda?

— A co z tobą? — spytał.

— Babcia wszystko zrozumie. Jest specjalistką
od wiedźm.

Bruno znowu wziął kęs kanapki.

— A co radzisz? — spytał.

— Chodźmy najpierw obaj poradzić się mojej
babci. Ona już będzie dobrze wiedziała, co zrobić.

Pobiegłem w kierunku otwartych drzwi, a za
mną podążył Bruno, który jednak nie wypuścił
z łapki kawałka kanapki.

— Jak znajdziemy się na korytarzu — powiedziałem — będziemy musieli biec jak szaleni, byle
pod samą ścianą. Trzymaj się mnie. Bądź cicho
i staraj się, żeby nikt cię nie zauważył. Nie zapomi-

naj, że kto tylko cię zobaczy, będzie próbował cię ukatrupić. — To mówiąc, wyrwałem mu ten żałosny kawałek chleba i cisnąłem na bok. — Ruszajmy! I trzymaj się mnie.

Witaj, babciu!

Ledwie znalazłem się poza salą balową, pomknąłem jak błyskawica. W mig pokonałem salonik, salę karcianą, palarnię, jadalnię i czytelnię, aż znalazłem się pod schodami. O dziwo, nie stanowiły żadnej przeszkody — z łatwością przeskakiwałem z jednego stopnia na drugi, przez cały czas trzymając się ściany.

— Bruno, jesteś? — spytałem półgłosem.

— Tuż za tobą.

Babci pokój i mój znajdowały się na piątym piętrze, trzeba się więc było trochę powspinać, ale po drodze nie natknęliśmy się na nikogo, gdyż wszyscy woleli windę. Kiedy dotarliśmy na podest piątego piętra, rzuciłem się korytarzem do drzwi babci. Przed progiem stała para butów wystawiona do wypastowania.

— Co teraz zrobimy? — usłyszałem za sobą głos Brunona.

Zerknąłem na niego i nagle zobaczyłem idącą w naszym kierunku pokojówkę. Natychmiast poznałem, że to ta sama, która naskarżyła na mnie dyrektorowi, z pewnością więc nie chciałbym mieć z nią do czynienia w obecnym stanie.

— Szybko! — mruknąłem do Brunona. — Do butów!

Ja wskoczyłem do jednego, on do drugiego. Czekałem, aż pokojówka przejdzie koło nas i zniknie za rogiem albo w jakimś pokoju, ona tymczasem zatrzymała się i schyliła po buty. Robiąc to, wsunęła palec do środka, a ja niewiele myśląc, ugryzłem ją. Pewnie, że było to głupie, ale postąpiłem zupełnie instynktownie. Pokojówka rozdarła się tak, że było ją chyba słychać pośrodku kanału La Manche, cisnęła buty i jak gnana wichurą śmignęła korytarzem.

Drzwi otworzyły się i stanęła w nich babcia.

— Co tu się dzieje, na miłość boską? — spytała surowo.

Ja tymczasem przemknąłem między jej nogami do pokoju, a Bruno podążył za mną.

— Zamknij drzwi, babciu! — krzyknąłem. — Szybko!

Rozejrzała się dookoła, ale zobaczyła tylko dwie brązowe myszy na dywanie.

— Błagam, zamknij — powtórzyłem, ale tym razem widziała, że to mówię właśnie ja, mysz, i rozpoznała mój głos. Zamarła w bezruchu. Można by pomyśleć, że w jednej chwili każda część jej ciała — palce, ręce, ramiona i głowa — zamieniła się w marmurowy posąg. Jej twarz zupełnie pobladła, a oczy zrobiły się ogromne jak spodki, tak że mogłem przyjrzeć się jej białkom. Po chwili jednak zaczęła drżeć na całym ciele i bałem się, że zemdleje.

— Zamykaj, babciu, szybko — ponagliłem — bo zaraz zjawi się ta okropna pokojówka.

Jakoś udało jej się domknąć drzwi, potem jednak oparła się o nie plecami i roztrzęsiona wpatrywała się w nas. Zobaczyłem, że po jej policzkach potoczyły się łzy.

— Nie płacz, babciu — poprosiłem. — Wszystko mogłoby się skończyć gorzej. Udało mi się ujść z ich rąk z życiem. Brunonowi też.

Powolutku nachyliła się i na jedną dłoń wzięła mnie, a na drugą Brunona, a następnie przeniosła nas na stół. Bruno bezzwłocznie skoczył do salaterki z bananami i zaczął odgryzać skórkę jednego, żeby dostać się do miąższu.

Babcia chwyciła się mocno oparcia fotela i nie spuszczała ze mnie oczu.

— Usiądź — poradziłem.

Powoli opadła na fotel.

— Och, mój kochany! — załkała i teraz łzy popłynęły jej po policzkach strumieniami. — Mój najukochańszy! Co one z tobą zrobiły?!

— Wiem, babciu, co zrobiły, i wiem, kim teraz jestem, ale najśmieszniejsze jest to, że tak bardzo się tym nie przejmuję. Nie czuję nawet złości i raczej dobrze mi z tym, jaki teraz jestem. Nie jestem już chłopcem i nigdy nie będę, ale nic nie szkodzi, jeśli tylko zawsze będziesz się mną opiekować.

Pewnie myślicie, że chciałem ją tylko pocieszyć, ale mówiłem naprawdę szczerze. Możecie się dziwić, że nie zapłakałem razem z nią, ale nie. Nie potrafię tego wytłumaczyć.

— Pewnie, że będę się tobą opiekować. A ta druga mysz to kto?

— Ten drugi — poprawiłem ją. — Chłopiec, który nazywał się Bruno Jenkins. Jego zamieniły pierwszego.

Z pudełka wydobytego z torebki babcia wyciągnęła długie czarne cygaro i włożyła do ust. Teraz sięgnęła po zapałki, ale ręka tak jej się trzęsła, że kilka razy nie mogła trafić płomieniem w koniec, a kiedy już wreszcie jej się udało, zaciągnęła się głęboko, połykając dym. Zdaje się, że to ją trochę uspokoiło.

— Kiedy to się zdarzyło? — wyszeptała. — I gdzie jest teraz ta wiedźma? W hotelu?

— Babciu! — zawołałem. — To nie była wcale jedna. Były ich ze dwie setki! Są tu wszędzie w tym hotelu, także teraz!

Pochyliła się nade mną ze zmarszczonymi brwiami.

— Nie chcesz chyba powiedzieć... że... że mają tu w hotelu swe doroczne zebranie?

— Właśnie tak, babciu! Niedawno je skończyły! Słyszałem wszystko! Razem z Superwiedźmą piją teraz na tarasie herbatkę z dyrektorem. Udają, że

122

należą do Królewskiego Towarzystwa do Walki z Okrucieństwem wobec Dzieci.

— I schwytały cię?

— Wywęszyły mnie.

— Psie siki, tak? — spytała z westchnieniem.

— Tak. Ale nie silne. Mało brakowało, żeby mnie nie wyczuły, bo od dawna się nie kąpałem.

— Dzieci w ogóle nie powinny się kąpać — uniosła się babcia. — To niebezpieczny zwyczaj.

— Zgadzam się z tobą.

Przez chwilę w milczeniu ssała cygaro.

— Więc one wszystkie naprawdę są teraz w hotelu?

— Z całą pewnością, babciu.

Znowu nastąpiła pauza, a ja widziałem, jak w oczach babci pojawiają się dawne błyski podniecenia, aż nagle wyprostowała się i powiedziała stanowczo:

— Opowiedz mi wszystko od samego początku, ale jak najkrócej.

Wziąłem oddech i zacząłem mówić. Opowiedziałem, jak znalazłem się w sali balowej i schowałem za parawanem, aby trenować myszki. Opowiedziałem o tablicy informującej o posiedzeniu KTWOD. O wszystkich tych kobietach, które zajęły miejsca na sali, i o małej damie, która przestała być miła, gdy tylko zdjęła maskę. Nie potrafiłem jednak znaleźć słów, żeby opisać jej prawdziwą twarz.

— To było straszne... To było, babciu... okropne! Zupełnie jakby jej twarz... no nie wiem, gniła albo coś takiego.

— Mów dalej — ponagliła mnie babcia. — Szybciej!

Opowiedziałem więc o zdejmowaniu peruk, rękawiczek i butów, o tym, jak zobaczyłem przed sobą morze łysych głów pokrytych strupami, dłonie z pazurami i stopy bez palców.

Babcia siedziała na brzeżku fotela wpatrzona we mnie roziskrzonymi oczyma, a obie ręce zaplotła na złotej gałce laski, którą zawsze podpierała się przy chodzeniu.

Kiedy dotarłem do miejsca, gdy Superwiedźma wystrzeliła z oczu iskrami i zamieniła tę, która ośmieliła się odezwać, w chmurę dymu, babcia drgnęła i zawołała podniecona:

— Słyszałam o tym, ale nie mogłam uwierzyć! Jesteś pierwszą osobą spoza kręgu wiedźm, która widziała to na własne oczy! To najsłynniejsza kara Superwiedźmy, „wysmażka", jak one nazywają ją między sobą, a boją się tego panicznie! Podobno podczas każdego dorocznego zjazdu Superwiedźma robi jedną wysmażkę, żeby reszta chodziła w strachu na paluszkach.

— Babciu, one nie mają żadnych paluszków!

— Wiem, wiem, ale tak się mówi. Dalej, dalej!

Teraz zatem przyszła kolej na Recepturę 86, a kiedy przedstawiłem plan zamienienia w myszy wszystkich dzieci w Anglii, babcia znowu mi przerwała, zrywając się z krzesła:

— Wiedziałam! Wiedziałam, że szykują coś okropnego!

— Musimy im przeszkodzić — powiedziałem.

Pokręciła głową.

— Nie da się powstrzymać wiedźm. Pomyśl tylko o potędze strasznej Superwiedźmy! Każdego z nas może zabić tym swoim morderczym spojrzeniem. Sam to widziałeś!

— Ale nie możemy jej pozwolić, żeby wszystkie dzieci w Anglii zamieniła w myszy!

— Jeszcze nie skończyłeś. Opowiedz mi o Brunonie. Jak go złapały?

Opowiedziałem, jak zjawił się Bruno Jenkins i jak na moich oczach zamienił się w mysza. Bab-

cia zerknęła na Brunona, który myszkował między bananami.

— On nigdy nie przestaje jeść? — spytała.

— Nigdy. Ale wytłumacz mi jedno, babciu, dobrze?

— Jeśli tylko będę potrafiła. — Wyciągnęła rękę, wzięła mnie ze stołu, ułożyła u siebie na podołku i bardzo delikatnie zaczęła gładzić. Było to takie przyjemne. — O co chciałeś mnie spytać?

— Nie rozumiem, jak to się dzieje, że Bruno i ja możemy mówić tak jak przedtem.

— To bardzo proste — odrzekła babcia. — Zrobiły tylko tyle, że was skurczyły, dały wam cztery łapki i futerka, ale nie mogły was zamienić w stuprocentowe myszy. Jesteście nadal sobą, tylko zmienił się wasz wygląd. Chwała Bogu, dalej masz swój mózg i swój umysł, i swój głos. Dlatego masz rację, trzeba cię nazywać myszem, a nie myszą.

— I to nie zwykłym myszem. Jestem mysią osobą, prawda?

— Właśnie — przytaknęła babcia. — Jesteś człowiekiem w skórze myszy, a więc kimś zupełnie niezwykłym.

Przez kilka chwil trwaliśmy w milczeniu, podczas gdy babcia jedną ręką delikatnie mnie gładziła, a w drugiej trzymała cygaro, które od czasu do czasu podnosiła do ust. Jedynym dźwiękiem w pokoju były odgłosy Brunona obżerającego się bananami. Leżałem nieruchomo na podołku babci, ale myślałem jak oszalały, jak chyba nigdy dotąd.

— Babciu! — odezwałem się wreszcie. — Mam chyba pomysł.

— Powiedz, kochanie, jaki?

— Superwiedźma powiedziała im, że mieszka w pokoju numer czterysta pięćdziesiąt cztery, prawda?

— Nie wiem, ty to słyszałeś.

— Mój pokój ma numer pięćset pięćdziesiąt cztery, na piątym piętrze, więc jej będzie na czwartym.

— Słusznie.

— A nie sądzisz, że powinien się znajdować dokładnie pod moim?

— To bardzo prawdopodobne. Większość hoteli budowana jest tak, jakby się układało klocki. No dobrze, ale co z tego?

— Czy możesz mnie wynieść na mój balkon, żebym mógł popatrzeć w dół?

W hotelu Magnificent wszystkie pokoje mają malutkie balkony. Babcia przeszła do mojego pokoju i wyniosła mnie na zewnątrz. Spojrzeliśmy na balkon znajdujący się bezpośrednio pod nami.

— Jeśli to jej pokój, to mógłbym się jakoś zsunąć na dół i wejść do środka.

— Żeby cię tam złapali — obruszyła się babcia.

— Nie, na to nie mogę się zgodzić.

— W tej chwili wszystkie wiedźmy są na herbatce z dyrektorem na słonecznym tarasie. Superwiedźma będzie z powrotem o szóstej, może odrobinę wcześniej, bo wtedy ma dać buteleczki ze swoją miksturą tym, które są za stare, aby się wspinać na drzewa do gniazd burczaka.

— A jak już dostaniesz się do jej pokoju, to co dalej?

— Postaram się znaleźć miejsce, w którym trzyma tę swoją miksturę, wezmę jedną buteleczkę i przyniosę tutaj.

— Dasz radę?

— Chyba tak. To niewielka flaszeczka.

— Boję się tych jej świństw — powiedziała babcia. — A co zrobimy potem?

— Jedna buteleczka starcza na pięćset osób, a więc na każdą wiedźmę będzie trochę ponad dwie porcje. Możemy wszystkie wiedźmy zamienić w myszy.

Babcia aż podskoczyła z wrażenia, a ponieważ staliśmy na balkonie, pod którym ziała przepaść chyba z tysiąca stóp, więc gdybym wypadł jej z ręki, byłoby już po mnie.

— Babciu, uważaj! — zawołałem.

— Ale pomysł! Fantastyczne! — wykrzykiwała. — Cudowne! Kochanie, jesteś genialny!

— Naprawdę tak uważasz?

— Za jednym zamachem pozbędziemy się wszystkich angielskich wiedźm. Z Superwiedźmą na czele!

— Trzeba spróbować.

— Posłuchaj! — Była taka podniecona, że omal znowu mnie nie wypuściła. — Gdyby nam się udało, byłoby to największe zwycięstwo w całej historii wiedźm!

— No to nie można tracić czasu. Mamy wiele do roboty.

— Pewnie, że mamy wiele do roboty. Bo nawet kiedy będziemy mieli już tę buteleczkę, to jak dodamy im jej zawartość do jedzenia?

— Nad tym zastanowimy się potem. Najpierw musimy zdobyć tę jej truciznę. Jak się przekonać, że pod nami naprawdę jest jej pokój?

— A to możemy sprawdzić natychmiast! — odrzekła babcia. — Chodźmy! Nie ma czasu do stracenia!

Niosąc mnie w dłoni, spiesznie opuściła pokój i zeszła piętro niżej, postukując laską na każdym stopniu. Na drzwiach pokojów po obu stronach korytarza numery były wymalowane złotą farbą.

— Tam! — zawołała babcia. — Czterysta pięćdziesiąt cztery!

Nacisnęła klamkę, ale ta nie ustąpiła. Drzwi oczywiście były zamknięte. Szybko obrzuciła wzrokiem korytarz.

— Tak, chyba masz rację, to dokładnie pod

tobą. — Zawróciwszy, policzyła, które to drzwi od schodów. Szóste. Piętro wyżej powtórzyła liczenie. — Tak. Wszystko się zgadza! Jej pokój jest dokładnie pod twoim!

Zaniosła mnie z powrotem do mojej sypialni i znowu wyszliśmy na balkon.

— Poniżej jest jej balkon — oznajmiła. — A co więcej, drzwi z jej balkonu do sypialni są otwarte! Ale jak ty zejdziesz na dół?

— Nie wiem — przyznałem.

Nasze pokoje znajdowały się od frontu i wychodziły na plażę i morze. Pod balkonami, tysiące stóp

poniżej, zauważyłem sterczące szpikulce ogrodzenia. Gdybym spadł, nic by mnie nie mogło uratować.
— Wiem! — wykrzyknęła babcia.

Nie wypuszczając mnie z dłoni, pobiegła do swego pokoju i zaczęła przewracać wszystko w szufladzie, aż wreszcie znalazła w niej kłębek niebieskiej włóczki. Jeden jej koniec był przymocowany do drutów, na których babcia zaczęła robić mi skarpetkę.
— Spójrz — powiedziała. — Włożę cię do tej nie dokończonej skarpetki i spuszczę na balkon Superwiedźmy. Ale musimy się spieszyć, bo ten potwór w każdej chwili może wrócić.

Mysz złodziej

Znowu znaleźliśmy się na moim balkonie.
— Jesteś gotowy? — spytała babcia. — Jeśli tak, to wkładam cię do skarpetki.
— Mam nadzieję, że dam radę — mruknąłem.
— W końcu jestem tylko małym myszem.
— Na pewno sobie poradzisz — powiedziała, głaszcząc mnie na pożegnanie. — Powodzenia, kochanie.

Włożyła mnie do skarpetki i zaczęła spuszczać z balkonu. Skuliłem się i wstrzymałem oddech. Widok między nitkami włóczki miałem całkiem dobry — dzieci daleko w dole bawiące się na plaży były wielkości żuków. Skarpetka lekko się zakołysała. Spojrzałem w górę i zobaczyłem babcię, która przechylała się przez poręcz.

— Zaraz, za chwilę. Ostrożnie i... już! — Poczułem lekki wstrząs. — Szybko, szybko! — ponaglała mnie z góry babcia. — Wyłaź i do środka.

Wyskoczyłem ze skarpetki i wpadłem do pokoju Superwiedźmy. Panował tutaj taki sam zaduch, jaki wyczułem w sali balowej. To odór wiedźm. Był trochę podobny do zapachu w męskiej toalecie na naszym dworcu kolejowym.

Sam pokój był jednak schludny; zupełnie jak zamieszkany przez najnormalniejszą osobę. Ale trudno się dziwić, prawda? Żadna wiedźma nie

byłaby na tyle głupia, żeby na wierzchu zostawiać coś, co mogłoby wzbudzić podejrzenia pokojówki.

Nagle zobaczyłem żabę, która w kilku susach

przemierzyła dywan i schowała się pod łóżkiem. Sam podskoczyłem jak na trampolinie.

— Szybciej — doleciał mnie z zewnątrz głos babci. — Bierz to świństwo i uciekaj!

Zacząłem biegać po pokoju i próbowałem się zorientować, gdzie co jest. Nie było to łatwe, bo na przykład nie mogłem otworzyć żadnej szuflady ani szafy. Wreszcie usiadłem na środku pokoju i zacząłem się zastanawiać. Gdyby Superwiedźma chciała coś schować, gdzie by to ukryła? Na pewno nie w zwykłej komódce ani w szafie, gdzie każdy może zajrzeć. To jasne. Wskoczyłem na łóżko, żeby się lepiej rozejrzeć. „Zaraz — pomyślałem — a pod materacem?" Bardzo ostrożnie zsunąłem się w rogu łóżka i wcisnąłem pod materac. Nic nie widziałem, musiałem się przepychać ze wszystkich sił, ale nie ustawałem. Nagle uderzyłem głową w coś wewnątrz materaca. Pomacałem nad sobą łapką. Czy to mogłaby być butelka? To była butelka!!! Obmacałem flaszkowaty kształt, a obok na-

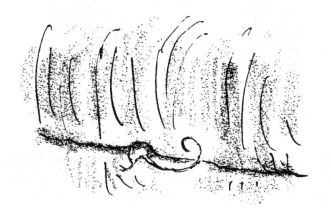

stępny i następny, i następny... Superwiedźma musiała rozpruć materac, włożyć do środka butelki, a potem go zaszyć. Ze wszystkich sił wgryzłem się w materiał nade mną. Przednie zęby miałem bardzo ostre i już po chwili wyszarpałem niewielką dziurę. Wpełzłem przez nią, złapałem flaszeczkę, wypchnąłem ją za szyjkę i sam się wyczołgałem, a potem, ciągnąc swoją zdobycz, jakoś dotarłem na skraj łóżka.

Zepchnąłem buteleczkę, która bez szwanku poturlała się po dywanie. Zeskoczyłem w ślad za nią i uważnie się przyjrzałem. Była dokładnie taka sama jak ta, którą Superwiedźma miała w sali balowej. Co więcej, miała etykietkę: RECEPTURA 86: POWOLNA ZAMIANA W MYSZ. A pod spodem: „Zawiera pięćset dawek". Eureka! Byłem wniebowzięty.

Spod łóżka wyskoczyły trzy żaby, znieruchomiały na dywanie i wpatrzyły się we mnie wielkimi czarnymi ślepiami. Nie mogłem oderwać od nich wzroku. Nigdy jeszcze nie widziałem tak smutnego

spojrzenia. Nagle przyszło mi do głowy, że niemal na pewno kiedyś musiały to być dzieci, ale miały pecha i wpadły w łapska Superwiedźmy. Przyglądałem się im, nie wypuszczając butelki z łapek.

— Kim jesteście? — spytałem.

W tej samej chwili usłyszałem, jak klucz przekręcił się w drzwiach i do pokoju weszła Superwiedźma. Żaby jednym długim susem zniknęły pod łóżkiem. Rzuciłem się za nimi i przyciskając do siebie flaszeczkę, skuliłem się za najdalszą nogą łóżka. Słyszałem kroki na dywanie. Trzy żaby przycupnęły razem na środku pod łóżkiem. Żaby nie mogą się chować jak myszy, nie mogą biegać

jak myszy. Wszystko, co mogą zrobić te biedactwa, to tylko skakać, i to dość niezdarnie.

Nagle pod łóżkiem pojawiła się twarz Superwiedźmy. Wtuliłem się w kąt między nogą a ścianą.

— A tu jesteście, moje rrrhopuszki — usłyszałem jej głos. — Możecie tu zostać do wieczorrrha, ale zanim położę się spać, wyrzucę was przez okno na kolację mewom.

Znienacka przez otwarte drzwi balkonowe doleciał wyraźny głos babci.

— Szybciej, kochanie! Szybciej! Chodź tu zaraz!

— Kto to? — syknęła Superwiedźma.

Wyjrzałem ze swojej kryjówki i zobaczyłem jej nogi zmierzające w kierunku balkonu.

— Kto tam jest? Kto śmiał wtarrrhgnąć na mój balkon? — mruczała pod nosem. Kiedy wyszła na balkon, usłyszałem: — A co robi tutaj ta skarrrhpetka?

— Dobry wieczór — odpowiedziała babcia. — Zleciała mi przez przypadek z balkonu, gdzie sobie robię na drutach. Przepraszam, zaraz ją wciągnę.

Byłem zdumiony, jaki spokojny miała głos.

— A do kogo pani mówiła? Kto ma się spieszyć? Jakie zarrrhaz?

— Ach, nie, to tylko do mojego wnuczka. Siedzi w łazience, a jak się zaczyta, to zapomina o całym bożym świecie. A czy pani ma dzieci, moja droga?

— Nie! — warknęła Superwiedźma i jednocześnie zatrzasnęła za sobą drzwi balkonowe. Rozumiecie? Zatrzasnęła!

I znowu znalazłem się w pułapce bez wyjścia.

Zamknięty w jednym pokoju z Superwiedźmą i z trzema przerażonymi ropuchami na dodatek. Byłem tak samo przerażony jak one. Nie miałem wątpliwości, że jeśli mnie złapie, wyrzuci przez balkon mewom na pożarcie.

Nagle rozległo się stukanie do drzwi.

— Kto tam znowu? — zapytała ze złością Superwiedźma.

— To my — zza drzwi rozległ się starczy głos. — Jest szósta i przyszłyśmy po to, co nam obiecałaś, Wasza Wysokość.

Zobaczyłem, jak idzie w stronę drzwi. Usłyszałem otwieranie drzwi, a potem ujrzałem, jak powoli, z wahaniem, jakby z lękiem do pokoju zaczęły wkraczać obute nogi.

— Szybciej! Prrrhędzej! — poganiała je Superwiedźma. — Nie będę tu czekać cały wieczórrrh, aż wejdziecie do śrrrhodka.

Uznałem, że to moja szansa. Wyskoczyłem zza nogi łóżka i jak strzała rzuciłem się w stronę otwartych drzwi. W ułamku sekundy przemknąłem po jakichś stopach i już byłem na korytarzu, z drogocenną buteleczką w łapkach. Nikt mnie nie zauważył, nikt nie krzyknął: „Mysz! Mysz!" Słyszałem tylko, jak podstarzałe wiedźmy, jąkając się, dziękują swojej władczyni, a ja tymczasem pod ścianą dotarłem do schodów i wdrapałem się piętro wyżej. Szczęśliwie dotarłem pod drzwi swego pokoju, nie napotykając nikogo. Dnem butelki postukałem w drzwi. „Puk, puk, puk". I znowu: „Puk, puk, puk". Czy babcia mnie usłyszy? Musi. Dźwięk butelki o drzwi był całkiem głośny, na tyle głośny, że gdyby ktoś się zjawił...

Ale drzwi nadal były zamknięte. Musiałem zaryzykować.

— Babciu! — krzyknąłem najgłośniej, jak potrafiłem. — Babciu! To ja! Wpuść mnie!

Słyszałem, jak podchodzi i otwiera. Już w następnym ułamku sekundy niczym strzała znalazłem się w środku.

— Udało się! — krzyczałem, podskakując radośnie. — Udało się! Mam, babciu! Spójrz tutaj! Mam całą buteleczkę.

Zamknęła drzwi, wzięła mnie z podłogi i przytuliła.

— Och, kochanie! Jakie szczęście, że nic ci się nie stało.

Przeczytała etykietkę.

— „Receptura 86: Powolna zamiana w mysz. Zawiera pięćset dawek". Jesteś wspaniały! Cudowny! Jak ci się udało wydostać z jej pokoju?

— Wymknąłem się, kiedy przyszły te stare wiedźmy. Ale było trochę nerwów, babciu. Nie chciałbym robić tego drugi raz.

— Ja też ją widziałam — zawołała babcia.

— Wiem. Słyszałem, jak rozmawiałyście. Nie uważasz, że jest okropna?

— To morderczyni — stanowczo oznajmiła babcia. — Najgorsza kobieta, jaką w życiu widziałam.

— I widziałaś jej maskę?

— To nie do uwierzenia! Wygląda jak najprawdziwsza twarz. Chociaż wiedziałam, że to maska, po niczym bym nie poznała. Och, mój kochany! — Znowu mocno mnie przytuliła. — Bałam się, że już więcej cię nie zobaczę. Tak się cieszę, że wróciłeś cały!!!

Państwo Jenkinsowie spotykają Brunona

Babcia przeniosła mnie do swojego pokoju i umieściła na stole, stawiając obok drogocenną buteleczkę.

— O której godzinie mają jeść kolację? — spytała.

— O ósmej.

Spojrzała na zegarek.

— Jest teraz dziesięć po szóstej. Mamy jeszcze trochę czasu, żeby obmyślić następny ruch.

Nagle jej wzrok zatrzymał się na Brunonie, który dalej siedział w salaterce. Spałaszował już trzy banany i właśnie zabrał się do czwartego. Nie do wiary, ale już zdążył się roztyć!

— Starczy tego dobrego — powiedziała babcia i wyjęła go z salaterki. — Czas najwyższy, żeby zwrócić naszego małego przyjaciela jego rodzicom. Zgadzasz się ze mną, Bruno?

Bruno warknął. Nigdy dotąd nie słyszałem warczącej myszy, ale Brunonowi się to udało.

— Rodzice pozwalają mi jeść, ile chcę — prychnął. — Wolę być z nimi niż z tobą.

— Ja myślę — zgodziła się babcia. — A wiesz, gdzie mogą być o tej porze?

— Niedawno byli w jadalni — wtrąciłem się. — Widziałem ich, jak przebiegaliśmy tamtędy.

— Świetnie. Chodźmy sprawdzić, czy jeszcze ich tam zastaniemy. — Spojrzała na mnie i spytała: — Chcesz iść z nami?

— Tak, tak.

— Włożę was obydwóch do swojej torebki — powiedziała. — Siedźcie tam cicho i nie wychylajcie się. A jeśli już musicie zaczerpnąć powietrza, wystawiajcie tylko noski.

Torebka była duża, z czarnej skóry i z zapięciem z żółwiej skorupy. Umieściła nas w środku i powiedziała:

— Nie będę zamykać, ale pilnujcie, żeby nikt was nie zobaczył.

Ja jednak chciałem widzieć jak najwięcej, dlatego usadowiłem się w małej kieszonce tuż pod zamkiem, skąd mogłem wyglądać, kiedy tylko zapragnąłem.

— Ale daj mi resztę tego banana, którego zacząłem — zażądał Bruno.

— Dobrze, byleś tylko siedział cicho — powiedziała babcia.

Wrzuciła do środka nie dojedzonego banana,

potem powiesiła torebkę na ramieniu i postukując laską, wyszła na korytarz.

Zjechaliśmy windą na pierwsze piętro i przez czytelnię przeszliśmy do jadalni. Państwo Jenkinsowie siedzieli w fotelach, przedzieleni niskim okrągłym stołem ze szklanym blatem. Kilka innych stołów było zajętych, ale tylko oni siedzieli we dwoje. Pan Jenkins czytał gazetę, pani Jenkins robiła na drutach coś dużego w kolorze musztardy. Wystawiłem tylko koniec nosa, ale widok miałem znakomity.

Babcia w swej czarnej koronkowej sukni, stukocąc laską, przeszła przez jadalnię i stanęła przed rodzicami Brunona.

— Państwo Jenkinsowie? — spytała.

Ojciec Brunona spojrzał znad gazety i zmarszczył brwi.

— Tak, nazywam się Jenkins. Słucham panią.

— Obawiam się, że mam dla państwa niepokojące wiadomości. Dotyczą waszego syna, Brunona.

— Co takiego? — spytał Jenkins, a jego żona nie odrywając oczu od robótki, mruknęła:

— Pewnie spsocił coś w kuchni.

— Chyba coś gorszego. Czy moglibyśmy porozmawiać o tym na osobności?

— Na osobności? — powtórzył pan Jenkins. — A dlaczego?

— To nie tak łatwo wytłumaczyć — powiedziała babcia. — Chyba lepiej, żebyśmy przeszli do państwa pokoju i tam usiedli.

Pan Jenkins odłożył gazetę, a pani Jenkins dru-
ty i wełnę.

— Nie mam ochoty iść na górę, proszę pani —
oświadczył ojciec Brunona. — Tutaj jest mi
całkiem wygodnie. — Był rosłym, gburowatym mężczyzną, który nie lubił, gdy mu coś narzucano. —
Proszę powiedzieć, jaką ma pani sprawę, a potem
dać nam spokój.

Mówił takim głosem, jakby rozmawiał z natrętną
sprzedawczynią odkurzaczy czy czegoś takiego.

Moja biedna babcia, która starała się być jak najuprzejmiejsza, zaczynała powoli tracić spokój.

— Naprawdę nie możemy o tym rozmawiać tutaj. Jest tu zbyt wielu ludzi, a to delikatna i osobista sprawa.

— Rozmawiam tam, gdzie mi się podoba, proszę pani — odparł Jenkins. — Proszę powiedzieć, co się stało, i tyle! Jeśli Bruno wybił szybę czy stłukł pani okulary, zapłacę za szkodę, ale ani mi się śni ruszać stąd na krok.

Od innych stołów zaczęto spoglądać w naszym kierunku.

— A tak nawiasem mówiąc, gdzie on jest? Niech tu zaraz przyjdzie — powiedział naburmuszony pan Jenkins.

— Jest tutaj — chłodno oznajmiła babcia. — Mam go tutaj.

I lekko klepnęła w bok torby.

— Myśli pani, że to bardzo śmieszne? — obruszył się ojciec Brunona.

— Nie ma tu nic do śmiechu. Pański syn jest w dość nieszczególnym stanie.

— Zawsze jest w nieszczególnym stanie. — Jenkins wzruszył ramionami. — Najpierw się obeżre, a potem ma wzdęcie. Trzeba go posłuchać po kolacji. Jakby grzmiał z armaty. Trochę oleju rycynowego i wszystko będzie w porządku. Gdzie jest ten mały nieszczęśnik?

— Już panu mówiłam: tutaj, w mojej torebce. Naprawdę uważam, że lepiej, byście państwo obejrzeli go w obecnym stanie w jakimś bardziej ustronnym miejscu.

— To wariatka! — oburzyła się pani Jenkins. — Powiedz jej, żeby się stąd zabierała.

Babcia wykazywała anielską wręcz cierpliwość.

— Rzecz w tym — powiedziała — że syn państwa doznał radykalnej przemiany.

— Przemiany?! — zawołał ojciec Brunona. — Jakiej znowu przemiany?

— Proszę odejść! — rozkazała jego żona. — Jest pani starą wariatką.

— Staram się wytłumaczyć państwu wszystko tak delikatnie, jak potrafię. Naprawdę mam Brunona tutaj w torebce. Mój wnuk widział na własne oczy, jak mu to zrobiły.

— Kto?! Co zrobił?! — wrzasnął pan Jenkins, a czarne wąsy zabawnie podrygiwały razem z wargami.

— Widział, jak wiedźmy zamieniają go w mysz.

— Kochany, wezwij dyrektora — powiedziała stanowczo pani Jenkins. — Nie można przecież pozwolić, żeby takie szalone kobiety kręciły się po hotelu.

Tutaj cierpliwość babci się skończyła. Sięgnęła do torebki, wyjęła Brunona i postawiła go na szklanym blacie. Pani Jenkins spojrzała na tłusty pyszczek brązowej myszy, która nie przestawała żuć banana, i wydała z siebie pisk tak przeraźliwy, że zabrzęczały żyrandole.

— Mysz! Mysz! Zabrać ją! Nie znoszę myszy!

— To Bruno — z powagą oświadczyła babcia.

— Ty stara wstrętna babo! — krzyknął pan Jenkins i zaczął gazetą dźgać Brunona, aby go strącić ze stołu, ale na szczęście babcia wcześniej złapała nieszczęśnika. Pani Jenkins darła się wniebogłosy, a pan Jenkins wtórował jej tubalnie:

— Wynocha! Nie straszyć mi tu żony! Precz z tą brudną myszą!

— Pomoooocy! — zawodziła matka Brunona, a twarz miała bladą jak brzuch ryby.

— No cóż, zrobiłam, co mogłam — powiedziała babcia, okręciła się na pięcie i wyszła, zabierając ze sobą Brunona.

Plan

Kiedy znowu znaleźliśmy się w pokoju, babcia wyjęła mnie i Brunona z torebki i usadowiła na stole.

— Dlaczego nie odezwałeś się i nie powiedziałeś ojcu, że to ty? — spytała Brunona.

— Bo miałem pełno w gębie — odparł i natychmiast znowu skoczył do salaterki z bananami.

— Ależ z ciebie jest łakomy chłopiec — obruszyła się babcia.

— Nie chłopiec — poprawiłem. — Mysz.

— Zgoda, kochanie, ale teraz nie mamy czasu, żeby się nim zajmować, gdyż musimy ułożyć plan. Za jakieś półtorej godziny wszystkie wiedźmy schodzą na dół na kolację, prawda?

— Tak.

— I każda z nich ma dostać dawkę myszownika. Jak my to zrobimy?

— Zapominasz chyba, babciu, że mysz może się dostać w takie miejsca, w które człowiek nie da rady wejść.

— To prawda, ale nawet mysz nie może paradować po stołach z buteleczką Receptury 86 i polewać nią wiedźmom wieczornego steka.

— Ja wcale nie myślałem o jadalni — odparłem.

— A o czym?

— O kuchni, bo tam się przygotowuje jedzenie.

Babcia przyjrzała mi się i z niedowierzaniem pokręciła głową.

— Moje drogie dziecko, zdaje się, że zamiana w mysza podwoiła ci liczbę szarych komórek!

— Mały mysz może zajrzeć w kuchni do wszystkich rondli i na wszystkie patelnie, a jeśli tylko będzie ostrożny, nikt go nie zauważy.

— Wspaniale! — zawołała babcia. — To chyba rzeczywiście jest rozwiązanie!

— Jedyny problem — ciągnąłem — to jak mam poznać, co jest przygotowane właśnie dla nich. Nie chcę dostać się do niewłaściwego garnka. Przecież aż strach pomyśleć, że przez pomyłkę zamieniłbym w myszy wszystkich innych gości, a już najgorzej, gdyby spotkało to ciebie.

— Musisz więc zakraść się do kuchni, znaleźć jakieś dobre miejsce, przycupnąć tak i... czekać. Znajdź sobie jakąś małą dziurkę i słuchaj, co kucharze mówią między sobą, a przy odrobinie szczęścia któryś powinien ci niechcący dać odpowiednią wskazówkę. Zawsze kiedy zamawia się jakiś duży posiłek, przygotowują go oddzielnie.

— Zgoda, tak muszę zrobić. Będę czekał, słuchał i liczył na uśmiech szczęścia.

— Ale to także będzie bardzo niebezpieczne — zaniepokoiła się babcia. — Nikt nie lubi myszy w kuchni. Jeśli cię zobaczą, będą ganiać tak długo, aż cię dopadną.

— Nikt mnie nie zobaczy — obiecałem.

— Pamiętaj, że musisz mieć ze sobą butelkę, więc nie będziesz tak szybki i zwinny jak bez niej.

— Mogę biec całkiem szybko, trzymając butelkę w przednich łapkach — powiedziałem. — Nie pamiętasz, że tak właśnie uciekłem od Superwiedźmy?

— A jak sobie poradzisz z odkręceniem? To może być problem.

— Poczekaj, spróbuję.

Okazało się, że używając obu przednich łapek, całkiem łatwo mogę się uporać z nakrętką.

— Wspaniale — powiedziała babcia. — Jesteś naprawdę bardzo dzielnym myszem! — Spojrzała na zegarek. — Zbliża się wpół do ósmej. Zejdę na kolację z tobą w torebce. Tam wyjmę cię pod stołem razem z buteleczką i odtąd będziesz już zdany tylko na siebie. Musisz nie zauważony przemknąć się do drzwi kuchennych. Przez cały czas będą przez nie wchodzili i wychodzili kelnerzy. Musisz uchwycić odpowiednią chwilę i wskoczyć za jednym z nich, ale, na Boga, uważaj, żeby ktoś cię nie rozdeptał albo żeby drzwi cię nie zmiażdżyły.

— Postaram się.

— I w żadnym wypadku nie daj się złapać.

— Przestań, babciu, bo tylko denerwuję się jeszcze bardziej.

— Ależ ty jesteś dzielny. Uwielbiam cię.

— A co zrobimy z Brunonem? — spytałem.

Bruno wyprostował się na salaterce i powiedział z pyszczkiem pełnym banana:

— Idę z wami. Ani myślę tracić kolacji.

Babcia chwilę się zastanowiła.

— Dobrze, zabiorę cię ze sobą, jeśli obiecasz, że zostaniesz w torebce i ani piśniesz.

— A będziesz mi podawała jedzenie ze stołu? — upewnił się Bruno.

— Tak, jeśli będziesz grzeczny. A ty chcesz coś zjeść? — spytała mnie babcia.

— Nie, dzięki, jestem za bardzo podniecony, żeby jeść. Poza tym z pełnym brzuchem będę ociężały, a mam ważną rzecz do zrobienia.

— Bardzo ważną. Nic nie jest od niej ważniejsze.

W kuchni

— Czas na nas — oznajmiła babcia. — Nadeszła wielka chwila. Jesteś gotowy, kochanie?

Było dokładnie wpół do ósmej. Bruno siedział w salaterce i kończył czwartego banana.

— Zaraz — powiedział. — Jeszcze trochę mi zostało.

— Nie! — stanowczo zaprotestowała babcia. — Nie mamy ani chwili do stracenia. — Złapała go i mocno trzymała w dłoni. Jeszcze nigdy nie widziałem jej tak zdenerwowanej. — Teraz wsadzę was obu do torebki, ale nie będę jej zamykać. — Najpierw schowała Brunona, a ja w tym czasie czekałem, przyciskając buteleczkę do piersi. — Teraz ty. — Wzięła mnie i ucałowała w nosek. — Powodzenia, kochanie. Ale, ale, wiesz chyba, że masz ogonek?

— Co takiego?

— Długi, kręcony ogonek.

— Nawet mi to nie przyszło do głowy. Ale tak! Jest i mogę nim poruszać! Ale numer!

— Przypomniałam o tym tylko dlatego, że ogonek może się przydać, kiedy będziesz się wspinał w kuchni. Możesz okręcić go na czymś i zwiesić się w dół z wyższych miejsc.

— Szkoda, że wcześniej tego nie przećwiczyłem.

— Trudno, teraz już za późno, musimy iść.

Ledwie znalazłem się w torebce z Brunonem,

zająłem swoje miejsce w kieszonce, skąd swobodnie mogłem wyglądać na świat.

Babcia wzięła swoją laskę, zamknęła pokój i poszła do windy, która zaraz podjechała. W środku nie było nikogo.

— Jak będziemy już w jadalni — powiedziała babcia — nie będę mogła z tobą rozmawiać, bo ludzie pomyślą, że zwariowałam i gadam do siebie. Jenkinsowie dość już narobili rabanu.

Winda z lekkim szarpnięciem zatrzymała się na parterze. Podpierając się laską, babcia podążyła do jadalni. Była to wielka sala ze zdobionym sufitem i wielkimi lustrami na ścianach. Goście hotelowi mieli zarezerwowane stoliki, większość zdążyła już zabrać się do kolacji. Dookoła uwijali się kelnerzy z talerzami, wazami i miskami. My mieliśmy mały stolik pod ścianą po prawej stronie, mniej więcej w jej połowie. Babcia zajęła miejsce.

Kiedy wyjrzałem z jej torebki, zobaczyłem pośrodku jadalni dwa połączone stoły, przy których na razie nikt nie siedział. Na każdym stała srebrna tabliczka z napisem: ZAREZERWOWANE DLA KTWOD. Babcia też popatrzyła w tym kierunku, ale nic nie powiedziała. Postawiła torebkę na kolanach, rozesłała na niej serwetkę, a następnie wyjęła mnie na zewnątrz. Ręką osłoniętą serwetką podniosła mnie do twarzy i szepnęła:

— Zaraz postawię cię na podłodze. Obrus sięga niemal do samej ziemi, więc nikt nie powinien cię zauważyć. Masz buteleczkę?

— Tak, babciu — wyszeptałem. — Jestem gotów.

W tej samej chwili do naszego stolika podszedł kelner w czarnym uniformie. Spod serwetki mogłem zobaczyć jego nogi, a kiedy się odezwał, poznałem, że to William.

— Dobry wieczór pani — powiedział. — A gdzie jest dzisiaj nasz młodzieniec?

— Źle się czuje i musiał zostać na górze — odrzekła babcia.

— Bardzo mi przykro. Mam nadzieję, że szybko wydobrzeje. Dzisiaj mamy zupę z zielonego groszku, a na drugie do wyboru: filet z soli z grilla albo pieczone jagnię.

— Świetnie, zupa i jagnię. Ale bez pośpiechu, Williamie. Na początek możesz mi podać kieliszek wytrawnego sherry.

— Oczywiście, proszę pani — rzekł William i odszedł.

Babcia udała, że coś jej upadło, schyliła się i pod osłoną serwetki ustawiła mnie pod stołem.

— Powodzenia — szepnęła jeszcze i znowu się wyprostowała.

Teraz musiałem już radzić sobie sam. Stałem z buteleczką w łapkach i zbierałem się na odwagę. Wiedziałem, gdzie są drzwi do kuchni, ale aby do nich dotrzeć, musiałem się dostać na drugą stronę jadalni. „Jazda!" — pomyślałem, wyskoczyłem jak strzała i pomknąłem pod ścianą. Wolałem nadłożyć drogi, niż biec na przełaj po odkrytym dywanie. To było zbyt ryzykowne.

Gnałem, ile tylko miałem sił w łapkach, i chyba nikt mnie nie zauważył, gdyż wszyscy byli zaprzątnięci jedzeniem. Aby jednak dostać się do drzwi

kuchennych, musiałem przebiec główne wejście, a właśnie zaczęła przez nie napływać gromada kobiet. Wtulony w ścianę czekałem z buteleczką przyciśniętą do piersi. Z początku widziałem tylko buty i kostki tych kobiet, ale wystarczyło, bym zerknął odrobinę wyżej, a natychmiast je poznałem — to wiedźmy udawały się na kolację.

Kiedy przeszła ostatnia, przebiegłem wolną przestrzeń i byłem już niedaleko drzwi kuchennych. Właśnie jeden z kelnerów wchodził do środka, wśliznąłem się więc za nim i natychmiast scho-

wałem za wielkim koszem ze śmieciami. Przez kilka minut nie ruszałem się i tylko nasłuchiwałem. Cóż za kuchnia! Jaki gwar! Para! Zapachy! Dźwięk garnków i naczyń! Kucharze pokrzykujący do siebie! I kelnerzy wpadający z zamówieniami!

— Cztery zupy, dwa razy ryba i dwa razy jagnię na stół dwadzieścia osiem!

— Dwie szarlotki i dwa razy lody jagodowe na siedemnastkę!

I tak przez cały czas.

Nad głową zobaczyłem rączkę sterczącą z boku kosza. Nie wypuszczając buteleczki, wyskoczyłem, okręciłem się w powietrzu i owinąłem koniec ogonka wokół rączki. I oto wisiałem głową w dół, kołysząc się jak na huśtawce. Wspaniałe, strasznie mi się to podobało. „Tak musi się czuć — myślałem — artysta w cyrku, kiedy jest na trapezie". Tyle że trapez cyrkowy może się kołysać tylko w przód i w tył, a mój — ogonek — potrafił się bujać we wszystkich kierunkach. Zaczynałem się zastanawiać, czy sam nie zostanę myszem cyrkowym.

Wpadł następny kelner z talerzem w dłoni.

— Ta baba przy czternastce gada, że mięso jest za twarde. Chce inny kawałek.

— Daj jej talerz! — polecił jeden z kucharzy.

Zeskoczyłem na ziemię i znowu schowałem się za koszem. Zobaczyłem, jak kucharz zdejmuje z talerza kawał mięsa i wrzuca drugi, a potem ze słowami: „No, chłopaki, teraz trochę sosu" zaczyna chodzić od jednego kucharza do drugiego, a oni wiecie, co robią? Plują do talerza!

— Dobra, ciekawe, jak jej teraz posmakuje — powiedział kucharz i oddał porcję kelnerowi.

Chwilę później zjawił się inny kelner z krzykiem:

— Wszystkie z tego ichniego towarzystwa domagają się zupy!

Przesunąłem się odrobinę, tak żeby widzieć całą kuchnię, i zamieniłem się w słuch. Kucharz w wysokiej białej czapie, który pewnie był szefem, powiedział:

— Weźmiemy tę największą!

Zobaczyłem, jak stawia wielką srebrną wazę pośrodku drewnianego blatu, który biegł wzdłuż ściany po przeciwnej stronie kuchni. „Także zawartość mojej buteleczki musi się tam znaleźć" — pomyślałem. Wtedy spostrzegłem, że nad blatem ciągnie się pod sufitem półka, z której sterczą uchwyty rondli i patelni. „Gdyby udało mi się tam jakoś dostać, mógłbym się znaleźć nad samą wazą. A wtedy..."

Najpierw jednak trzeba było się przedrzeć na drugą stronę kuchni i wdrapać na szafkę. I nagle przyszedł mi do głowy wspaniały pomysł. Znowu podskoczyłem i zaczepiłem się ogonkiem na uchwycie kosza, a potem, wisząc głową na dół, zacząłem się kołysać. Wzlatywałem coraz wyżej, co dokładnie przypominało akrobatę na trapezie, którego widziałem w cyrku na Wielkanoc. On także coraz wyżej wzbijał się w górę, a potem puścił się i pofrunął w powietrzu. Ja również w odpowiedniej chwili odczepiłem ogonek i poleciałem, lądując na blacie dokładnie koło zlewu. „Do diaska!" — pomyślałem. „Co też potrafi taki mysz! A ja jestem dopiero początkujący!"

Nikt mnie nie zauważył, wszyscy byli zbyt zajęci pracami kuchennymi. W mig udało mi się wspiąć po rurze od zlewu i byłem już na najwyższej półce,

tuż pod sufitem, pomiędzy najróżniejszymi patelniami i rondlami. Tutaj nikt nie mógł mnie zobaczyć. Miejsce było wprost wymarzone i zacząłem się przesuwać tak, aby znaleźć się wprost nad wazą. Kiedy mi się to udało, odkręciłem zakrętkę, przechyliłem buteleczkę i... cała zawartość znalazła się w wazie, a chwilę później dwóch kucharzy przydźwigało wielki gar, po czym jeden zaczął chochlą przelewać zupę. Potem umieścił pokrywę i krzyknął:

— Zupa dla tej dużej grupy gotowa!

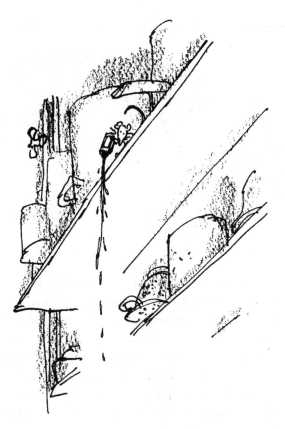

Zaraz też kelner porwał wazę i wyniósł ją z kuchni.

Udało się! Nawet jeśli ja nie ujdę stąd z życiem,

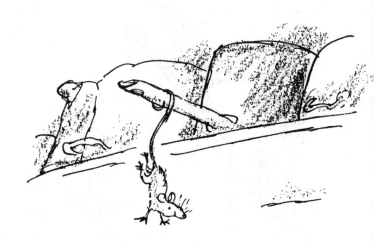

wiedźmy dostaną za swoje i spotka je mój los! Schowałem pustą flaszeczkę za jeden z rondli i rozpocząłem drogę powrotną. Bez obciążenia było znacznie łatwiej, a ja coraz zręczniej radziłem sobie z ogonem. Z rączki jednego naczynia przeskakiwałem na drugą, podczas gdy pode mną kucharze i kelnerzy uwijali się jak w ukropie, z garnków buchała para, patelnie skwierczały, a ja myślałem: „To dopiero życie! Jak fajnie jest być myszem i dokonywać takich wielkich czynów". Tak zachwyciłem się owym przeskakiwaniem w powietrzu z jednej rękojeści na drugą, że zupełnie zapomniałem, iż przez cały czas jestem na widoku. Kiedy więc wydarzyło się nieszczęście, nie miałem nawet czasu, by pomyśleć o ratunku.

— O rany, co za wstrętna mysz! — usłyszałem męski głos, a w następnej chwili zobaczyłem jakiś ruch postaci w wysokiej białej czapce, błysk stali, poczułem ból w końcu ogona i nagle głową w dół poleciałem na podłogę.

Już w trakcie lotu wiedziałem, co się stało. Odcięto mi koniec ogona, zaraz zderzę się z podłogą i w mig wszyscy będą starali się mnie ukatrupić.

— Mysz! Mysz! U nas!!! — słychać było ze wszystkich stron. — Łapać!

Uderzenie o podłogę nie było takie straszne, jak się obawiałem. Szybko się poderwałem i rzuciłem do ucieczki. Musiałem lawirować między wielkimi czarnymi buciorami, które z trzaskiem tupały, usiłując mnie zmiażdżyć.

— Zadepcz! Rozgnieć to cholerstwo!

Wyglądało na to, że cała podłoga była pełna czarnych butów zbliżających się w moją stronę. Wydawało mi się, że ten slalom nie potrwa długo i w końcu dostanę się pod któryś z buciorów. W odruchu rozpaczy, niewiele myśląc, skoczyłem na mankiet nogawki odwróconego do mnie tyłem kucharza, przewinąłem się i uczepiłem skarpetki.

— Ach! O rany! Wlazła mi w spodnie! No, chłopaki, teraz mi nie ucieknie!

Facet zaczął walić rękami w spodnie i teraz jeszcze bardziej groziło mi zmiażdżenie, niż gdybym się nie ruszał. Miałem tylko jedną drogę — w górę. Czepiając się włochatej skóry, błyskawicznie minąłem kostkę, łydkę, kolano i na chwilę zatrzymałem się na udzie.

— Niech to diabli! — darł się kucharz. — Włazi mi coraz wyżej!

Reszta ryknęła śmiechem, zaręczam wam jednak, że mnie nie było do śmiechu. Uciekałem przed śmiercią. Dłonie podskakującego jak na rozgrzanych węglach mężczyzny waliły tuż obok mnie. Rzucając się więc to w jedną, to w drugą stronę, wspinałem się coraz wyżej, aż wreszcie nie miałem się już gdzie ruszyć.

— Ratunku! Pomocy! — darł się kucharz. — Zaraz wlezie mi do majtek! Precz! Niech mi ktoś pomoże!

— Zdejmij te spodnie, głupku! — krzyknął ktoś. — Wtedy od razu ją rozgnieciemy.

Znalazłem się dokładnie w miejscu, gdzie schodzą się nogawki i zaczyna zamek. Było tam ciemno i strasznie duszno. Wiedziałem, że nie mogę się zatrzymać. Przecisnąłem się do przodu i znalazłem u wyjścia drugiej nogawki. Zsunąłem się błyskawicznie i w jednej chwili byłem znowu na posadzce. Kucharz nie przestawał krzyczeć:

— Jest w moich spodniach! Wynocha! Czy ktoś mi pomoże, zanim mnie to ścierwo pokąsa?

Dokoła stali koledzy i zaśmiewali się tak bardzo,

że nikt nie zauważył, jak mysz mknie do worka z kartoflami i chowa się w środku. Wcisnąłem się między brudne ziemniaki i wstrzymałem oddech.

Kucharz musiał ściągnąć spodnie, gdyż koledzy znowu się naigrawali:

— Nie ma jej! Żadnej myszy, ty pacanie!

— Była! Przysięgam! Nigdy nie mieliście myszy w spodniach! Nawet nie macie pojęcia, jak to jest!

Bardzo mi się to podobało, że takie niewielkie

stworzonko, jakim teraz byłem, mogło spowodować takie zamieszanie wśród dorosłych mężczyzn. Uśmiechałem się pomimo bólu w kikucie ogona.

Siedziałem bez ruchu do chwili, gdy byłem już pewny, że o mnie zapomnieli, a wtedy ostrożnie wystawiłem łebek. W kuchni znowu pełno było ruchu, wszyscy byli zabiegani i zajęci. Zjawił się kel-

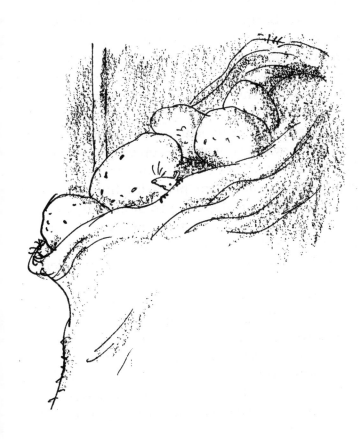

ner, ten sam co przedtem przyniósł mięso, które nie smakowało starszej damie.

— Ej, chłopaki — zawołał. — Spytałem tę starą, czy to nowe mięso było już w porządku, a ona, że tak, bardzo dobre. „Bardzo smaczne", tak powiedziała.

Musiałem się wydostać z kuchni i wrócić do babci. Nie było innego wyjścia, jak przebiec przez podłogę i za jednym z kelnerów wymknąć się na zewnątrz. Skupiony, czekałem na odpowiednią chwilę. Ogon — czy raczej jego szczątek — bolał coraz bardziej. Podwinąłem go i obejrzałem. Był krótszy o jakieś dwa cale i silnie krwawił. Jeden z kelnerów brał właśnie talerzyki z różowymi lodami, ustawiając po dwa na każdym przedramieniu, a potem biorąc jeszcze po jednym do każdej dłoni. Ruszył ku drzwiom i otworzył je, opierając się plecami. Wyskoczyłem z worka z kartoflami i na nic nie zważając, ruszyłem pędem przez kuchnię i jadalnię, a zatrzymałem się dopiero pod stolikiem babci.

Ach, jak cudownie było znów widzieć babcine staromodne czarne buty z klamrami i guzikami. Wspiąłem się po jednej nodze i wylądowałem na podołku.

— Hej, babciu — szepnąłem. — Już jestem! Udało się! Wlałem im do zupy!

Pojawiła się jej dłoń i zaczęła mnie gładzić.

— Wspaniale — odpowiedziała szeptem. — Jesteś niezwykły. Właśnie jedzą zupę. — Nagle cofnęła rękę. — Ty krwawisz? Co ci się stało?

— Jeden z kucharzy odciął mi ogon nożem — szepnąłem. — Strasznie boli.

— Muszę obejrzeć. — Nachyliła się i zobaczyłem jej twarz. — Och, biedactwo! Zabandażuję
cię chusteczką, to powinno zatrzymać krew.

Jakoś udało jej się obwiązać koniec ogonka
chusteczką obrębioną koronką.

— Teraz będzie już dobrze — szepnęła. — Staraj się o tym nie myśleć. Naprawdę udało ci się
wlać im to do zupy?

— Nie straciłem ani kropelki. Wszystkie pięćset
porcji. Mogłabyś mnie jakoś tak umieścić, żebym
mógł je obserwować?

— Tak. Torebka stoi teraz na pustym krześle
obok mnie. Zaraz cię tam włożę i będziesz mógł sobie patrzeć. Aby tylko nikt cię nie zobaczył. Jest
tam także Bruno, ale na niego nie zwracaj uwagi.
Dałam mu bułkę i nic innego w tej chwili go nie interesuje.

Dłoń babci chwyciła mnie i przeniosła do torebki.

— Cześć, Bruno — powiedziałem.

— Cześć. Fajna bułka, tylko szkoda, że nie z masłem.

Wyjrzałem znad krawędzi babcinej torebki. Wiedźmy siedziały wokół podwójnego stołu na środku sali. Skończyły już zupę i kelnerzy właśnie zbierali talerze. Babcia zapaliła jedno ze swych obrzydliwych czarnych cygar i wypuszczała co jakiś czas kłęby dymu. Sala była pełna, przy stolikach goście hotelowi raczyli się kolacją i pogawędkami. Przynajmniej połowa była w podeszłym wieku i podczas chodzenia podpierała się jak babcia laskami, ale sporo też było rodzin z dziećmi. Wszyscy wyglądali na zamożnych, zresztą inni ludzie nie zatrzymywali się w Magnificent.

— Babciu! — szepnąłem. — Jest! Superwiedźma!

— Wiem — odpowiedziała szeptem. — To ta malutka u szczytu stołu.

— Mogłaby cię zabić! Mogłaby zabić tutaj każdego tymi iskrami z oczu!!!

— Uważaj! Kelner idzie!

Wsunąłem się do środka i zaraz potem usłyszałem głos Williama:

— Pani jagnięcina. A do niej groszek czy marchewka?

— Marchewka — odparła babcia. — Ale bez ziemniaków.

Słyszałem, jak William nakłada marchewkę. Potem cisza i szept babci:

— W porządku, już poszedł.

Znowu wystawiłem łebek.

— Na pewno mnie nie widać? — spytałem niespokojnie.

— Nie, w każdym razie one nie powinny cię spostrzec. W tej chwili największy problem, że muszę mówić do ciebie, nie poruszając ustami.

— Świetnie ci się to udaje — pochwaliłem.

— Policzyłam wszystkie wiedźmy. Nie ma ich aż tyle, ile mówiłeś. Wspominałeś o dwustu, prawda?

— Powiedziałem, że chyba ze dwieście.

— To i ja się pomyliłam, bo myślałam, że jest ich w Anglii znacznie więcej.

— A ile naliczyłaś?

— Osiemdziesiąt cztery.

— To było osiemdziesiąt pięć, bo jedna się usmażyła.

W tej samej chwili zobaczyłem, że do naszego stolika zmierza pan Jenkins.

— Babciu, uważaj! — ostrzegłem. — Idzie ojciec Brunona.

Pan Jenkins i jego syn

Pan Jenkins zatrzymał się przy naszym stoliku nachmurzony.

— Gdzie pani wnuk? — spytał obcesowo.

Babcia zrobiła bardzo chłodną minę i nic nie odpowiedziała.

— Przypuszczam, że razem z moim Brunonem przy zabawie zapomnieli o całym świecie. Nie zjawił się na kolacji, a to mu się nie zdarza, żeby przepuścił okazję do zjedzenia czegoś!

— Trzeba przyznać, że apetyt ma istotnie wspaniały — zgodziła się babcia.

— Przypuszczam także, że i pani maczała w tym palce. Nie wiem, coś pani za jedna, i guzik mnie to obchodzi, ale nie tak dawno wstrętnie pani pograłaś ze mną i moją żoną, wywalając na stół jakąś obrzydliwą mysz. Dlatego myślę, że wszyscy troje coś knujecie, i proszę mi zaraz, jeśli łaska, powiedzieć, gdzie mój synalek?

— Nie robiłam żadnych „pogrywek", żeby użyć pańskiego języka. Mysz, którą usiłowałam wam oddać, to właśnie wasz syn, Bruno. Chciałam, żeby wrócił na łono rodziny, ale ta nie chciała go przyjąć.

— I znowu te bzdury! — krzyknął pan Jenkins. — Mój syn nie jest żadną tam myszą! — Jego czarne wąsy podskakiwały jak szalone. — No już, proszę mi zaraz gadać, gdzie mój syn?!

Rodzina przy sąsiednim stole przestała jeść i zaczęła się przypatrywać ojcu Brunona. Babcia spokojnie zaciągnęła się cygarem i powiedziała:

— Dobrze rozumiem pańską irytację, panie Jenkins. Każda angielska rodzina zareagowałaby z podobnym niedowierzaniem, ale w Norwegii, z której pochodzę, jesteśmy przyzwyczajeni do takich wydarzeń. Nauczyliśmy się je traktować jako fragment normalnego świata.

— Z pani jest istna wariatka! — Pan Jenkins nie zważał na otoczenie i dalej mówił podniesionym głosem. — Niech pani mówi, gdzie mój syn, bo inaczej wezwę policję!

— Bruno jest myszą — z niezmąconym spokojem oświadczyła babcia.

— Nie, nie i jeszcze raz nie!!!

— Ale jestem! — powiedział Bruno, wystawiając łebek z torebki.

Pan Jenkins podskoczył w powietrze jak na sprężynie.

— Cześć, tato — dodał syn z głupkowatym mysim uśmieszkiem.

Pan Jenkins tak rozdziawił usta, że zobaczyłem złote plomby w zębach.

— Nie przejmuj się, tato. To wcale nie jest takie złe, jak może się zdawać. Tylko koty muszą się trzymać z daleka.

— Bbbbruno! — wykrztusił pan Jenkins.

— Żadnej więcej szkoły — oznajmił rozpromieniony Bruno. — Żadnych prac domowych. Teraz będę tylko siedział w spiżarce i podjadał rodzynki z miodem.

— Bbbbruno! Jjjjak to się stało?

Pen Jenkins nie mógł dojść do siebie. Nagle gdzieś zniknęła cała jego pewność siebie.

— Wiedźmy — poinformowała babcia. — To robota wiedźm.

— Mysz nie może być moim synem — oznajmił wstrząśnięty pan Jenkins.

— Ale jest — zauważyła babcia. — Niech pan będzie dla niego miły.

— Matka zwariuje! Nie zniesie tego!!!

— Będzie musiała się przyzwyczaić. Mam nadzieję, że nie trzymacie państwo w domu kota.

— Trzymamy! Trzymamy! Topsy jest ulubieńcem mojej żony!

— Trzeba będzie się go pozbyć. Syn jest jednak ważniejszy.

— Pewnie! — krzyknął Bruno z torebki. — Powiedz mamie, że zanim wrócę do domu, Topsy ma zniknąć.

Teraz już połowa sali przypatrywała się nam. Ręce uzbrojone w sztućce znieruchomiały przy talerzach, a głowy zwróciły się w naszym kierunku. Od stolików nie było widać mnie ani Brunona, wszyscy ze zdziwieniem patrzyli więc na pana Jenkinsa.

— Ale, ale — powiedziała babcia ze złośliwym uśmieszkiem na twarzy, po którym zorientowałem się, że chce zastawić malutką pułapkę na pana Jenkinsa — nie chciałby się pan dowiedzieć, kto mu to zrobił?

— Kto?! — ryknął. — Kto taki?!

— Kobieta, która tam siedzi — powiedziała babcia i kiwnęła brodą. — Ta nieduża w czarnej sukience przy stole pośrodku.

— To przyjaciółka dzieci! — obruszył się ojciec Brunona. — Przewodnicząca towarzystwa, które walczy z okrucieństwem wobec dzieci.

— Jaka tam przewodnicząca — skrzywiła się babcia. — To Superwiedźma, której podlegają wszystkie wiedźmy świata.

Pan Jenkins wskazał Superwiedźmę wyciągniętym palcem.

— Ona? Ta zdzira zrobiła to mojemu synowi?! No to moi prawnicy już się do niej dobiorą! Nie wypłaci się do końca życia!!!

— Przestrzegałabym przed wszelkimi raptownymi posunięciami — uprzedziła babcia. — Ta kobieta ma magiczną moc. Może zamienić pana w coś gorszego od myszy. Na przykład w karalucha.

— Mnie w karalucha???!!! — Pan Jenkins nie posiadał się oburzenia. — No zobaczmy, niech spróbuje.

Obrócił się gwałtownie i gniewnym krokiem ruszył przez salę ku Superwiedźmie. Babcia i ja patrzyliśmy za nim. Bruno wyskoczył na stół i także patrzył na ojca. Właściwie cała sala patrzyła na niego. Ja pozostałem w torebce, uznałem bowiem, że mądrzej będzie się nie wychylać.

Zwycięstwo

Pan Jenkins zrobił tylko kilka kroków, kiedy przenikliwy wrzask przebił wszystkie głosy na sali i w tej samej chwili Superwiedźma wyskoczyła w powietrze jak wystrzelona z katapulty.

Stała teraz na krześle i krzyczała...

A teraz była już na stole i machała rękami...

— Babciu, co się z nią dzieje?

— Siedź cicho i przypatruj się.

I nagle wszystkie wiedźmy, tak jak ich było ponad osiemdziesiąt, zaczęły krzyczeć i zrywać się z krzeseł, jakby je dźgnęło ponad osiemdziesiąt szpikulców. Niektóre stały na krzesłach, inne na stole, a każda wiła się dziwnie i wymachiwała rękami.

Potem nagle wszystkie znieruchomiały. I zesztywniały. Niczym kamienne figurki.

W całej sali zapanowała śmiertelna cisza.

— Kurczą się, babciu! — zawołałem podniecony. — Tak samo było ze mną.

— Widzę.

— To Receptura! Spójrz, na twarzach niektórych widać już futro. Dlaczego zadziałała tak szybko?

— Powiem ci. Bo podobnie jak w twoim przypadku nastąpiło znaczne przedawkowanie, co wyłączyło mechanizm budzikowy!

Wszyscy obecni na sali poderwali się na równe

nogi, aby lepiej widzieć, a potem zaczęli coraz ciaśniejszym kołem zbliżać się do podwójnego stołu. Babcia uniosła mnie i Brunona na ręce, żebyśmy nie utracili nic z tego widoku. W tym wielkim podnieceniu sama wskoczyła na krzesło, tak że teraz mogła widzieć wszystko ponad głowami tłumu. Znienacka, w jednym ułamku sekundy, wszystkie

wiedźmy zniknęły, a na blacie zaroiło się od brązo-
wych myszy.

Wszystkie normalne kobiety przeraźliwie zawyły,
dzielni mężczyźni pobledli i rozległy się okrzyki:

— Co to?! Jak to?! Co tu się dzieje?! Trzeba
stąd uciekać!

Kelnerzy atakowali myszy krzesłami, butelkami

z winem i wszystkim, co tylko wpadło im w ręce.
Zobaczyłem, jak z kuchni w wysokiej białej czapie
wypada szef z patelnią w dłoni, a za nim kucharz
z wielkim tasakiem.

— Myszy! Myszy u nas! — wołała obsługa. —
Trzeba je utłuc! Przegnać! Wytępić!

I tylko dzieci nie były przestraszone. Instynktownie jakoś wyczuły, że na ich oczach dzieje się coś dobrego, wiwatowały więc i klaskały.

— Czas się zbierać — powiedziała babcia. — My swoje już zrobiliśmy.

Wstała od stołu, wzięła torebkę i zarzuciła ją na ramię, mnie trzymając w prawej ręce, a Brunona w lewej.

— Bruno! Czas, żebyś wrócił na łono swej wspaniałej rodziny — oznajmiła.

— Moja mama nie przepada za myszami — mruknął Bruno.

— To dało się zauważyć — odparła babcia. — Chyba najwyższy czas, żeby zaczęła się przyzwyczajać, prawda?

Państwa Jenkinsów nietrudno było znaleźć. Głos matki Brunona dominował nad innymi.

— Herbercie!!! — wrzeszczała. — Zabierz mnie stąd! Natychmiast!!! Myszy! Wszędzie! Włażą mi na sukienkę!!!

Uwiesiła się mężowi na szyi i o ile mogłem dojrzeć, kołysała się na nim niczym huśtawka. Babcia podeszła do nich zdecydowanym krokiem i wepchnęła Brunona do ręki panu Jenkinsowi.

— Ma pan tu swego syna — powiedziała. — Przydałaby mu się dieta.

— Cześć, tato! Cześć, mamo! — powitał rodziców Bruno.

Pani Jenkins rozdarła się jeszcze głośniej, ale babcia na nic więcej nie czekając, odwróciła się i ze mną w dłoni wyszła z jadalni, a potem na zewnątrz hotelu.

— Można tu dostać jakąś taksówkę? — spytała wysokiego portiera w liberii.

— Oczywiście, madam — odrzekł, włożył dwa palce do ust i gwizdnął. Popatrzyłem na niego z zazdrością. Przez całe tygodnie bez skutku usiłowałem nauczyć się gwizdać. A teraz nigdy już się nie nauczę.

Podjechała taksówka. Kierowcą był starszy męż-

czyzna z sumiastymi, czarnymi wąsami, które zwisały mu na usta niczym jakieś pnącza.

— Dokąd pani sobie życzy? — spytał, ale nagle zobaczył mnie w babcinej dłoni i wykrzyknął: — O, do diaska! A to co znowu takiego?

— Mój wnuk — odpowiedziała spokojnie babcia. — Na dworzec proszę.

— Zawsze lubiałem ja myszy, tyle pani powiem. Jakem był mały, to miałem ich parę setek. Wie pani, że nic się tak szybko nie mnoży na świecie jak mysz? Jak to jest więc panin wnuczek, to za parę tygodni będziesz już pani miała prawnuki, jak bonie dydy.

— Proszę nas zawieźć na stację — powiedziała surowym głosem babcia.

— Już się robi, proszę ja panią. Już się robi.

Babcia usadowiła się z tyłu taksówki i ułożyła mnie na kolanach.

— Jedziemy do domu? — spytałem.

— Tak. Wracamy do Norwegii.

— Huraaaa! — krzyknąłem. — Hura!

— Tak przypuszczałam, że będziesz zadowolony.

— A co z bagażem?

— Kto by się tam przejmował bagażem!

Taksówka jechała przez ulice Bournemouth, które o tej porze były zatłoczone spacerującymi bez specjalnego celu wczasowiczami.

— Jak się czujesz, kochanie? — spytała babcia.

— Świetnie. Znakomicie.

Zaczęła mnie gładzić po szyi jednym palcem.

— Dokonaliśmy dzisiaj wielkiej rzeczy.

— To było ekstra. Absolutnie ekstra.

Mysie serce

Z wielką przyjemnością znalazłem się znowu w starym norweskim domu babci, teraz jednak, gdy byłem taki mały, wszystko wyglądało inaczej i trochę czasu potrwało, zanim się przyzwyczaiłem. Z mojej perspektywy liczyły się przede wszystkim nogi stołów i krzeseł oraz przesmyki między wielkimi meblami. Niepodobna było otworzyć zamkniętych drzwi ani zobaczyć, co znajduje się na stole.

Jednak po kilku dniach babcia zaczęła wymyślać różne sposoby na ułatwienie mi życia. Zamówiła u stolarza kilka wąskich drabin i przystawiła je do każdego stołu, tak abym mógł się na niego wspiąć, ilekroć będę miał ochotę. Sama z drutów, sprężyn, krążków i ciężarków skonstruowała wspaniały otwieracz do drzwi i bardzo szybko zaopatrzyła w niego wszystkie przejścia w domu. Wystarczyło, że postawiłem łapkę na malutką drewnianą platformę, a sprężyna odskakiwała, ciężarek zjeżdżał i — drzwi otwarte.

Wymyśliła też genialne urządzenie, które pozwalało mi zapalić światło w każdym pokoju. Nie potrafię wytłumaczyć, jak ono działało, bo zupełnie nie znam się na elektryczności. Po prostu w podłodze każdego pomieszczenia był mały guzik, który wystarczyło nacisnąć łapką, żeby zapaliło się światło, a kiedy nacisnęło się ponownie — gasło.

Babcia zrobiła mi także szczoteczkę do zębów z zapałki, w którą wcisnęła włoski wyrwane ze szczotki.

— Nie możesz pozwolić sobie na żadną dziurę! Nigdzie nie znajdę mysiego dentysty!

— To śmieszne — powiedziałem — ale od czasu, jak zostałem myszem, nienawidzę samej myśli o cukierkach czy czekoladzie, więc chyba żadne dziury mi nie grożą.

— Tak czy siak, nadal masz myć zęby po każdym posiłku — przykazała babcia, a ja posłusznie tego polecenia się trzymałem.

Każdego też wieczoru przed pójściem spać kąpałem się w wanience, na którą została przerobiona srebrna cukiernica. Babcia nikomu, nawet sprzątaczce, nie pozwalała teraz wchodzić do domu i bardzo dobrze nam było tylko we własnym towarzystwie.

Pewnego wieczoru siedzieliśmy sobie przed kominkiem, a babcia gładząc mnie po sierści, powiedziała:

— Ciekawa jestem, co też się stało z tym Brunonem.

— Wcale bym się nie zdziwił, gdyby ojciec dał go portierowi i kazał utopić w wiadrze — mruknąłem.

— Masz rację — westchnęła babcia. — Straszny był z niego łakomczuch, ale z rodzicami mu się nie poszczęściło.

Przez kilka minut milczeliśmy; babcia pociągała

swe czarne cygaro, ja przysypiałem w milutkim cieple.

Nagle ocknąłem się.

— Mogę cię o coś spytać, babciu?

— O cokolwiek chcesz, kochanie.

— Jak długo żyją myszy?

— Ach — westchnęła. — Czekałam, kiedy w końcu mnie o to zapytasz.

I znowu cisza, zakłócana tylko wydmuchiwaniem dymu.

— No — ponagliłem. — Ile my, myszy, żyjemy?

— Ostatnio bardzo dużo czytałam o myszach — oznajmiła. — Chciałam się o nich dowiedzieć jak najwięcej.

— Babciu, bez wykrętów. Powiedz wprost.

— No więc jeśli naprawdę chcesz wiedzieć, nie bardzo długo.

— Ile? — nastawałem.

— Zwykła mysz żyje około trzech lat. Ale ty nie jesteś normalną myszą. Jesteś ludzkim myszem, a to wielka różnica.

— No dobrze, ale ile żyje taki ludzki mysz?

— Dłużej, o wiele dłużej. Z pewnością co najmniej trzy razy dłużej. A więc około dziewięciu lat.

— Wspaniale! Nie mogłem usłyszeć niczego lepszego.

— A dlaczego? — spytała zdziwiona.

— Bo za nic nie chciałbym żyć dłużej od ciebie. Nie zniósłbym tego, że ktoś inny by się mną opiekował.

I znowu krótka cisza. Miała taki sposób drapania mnie za uchem, który uwielbiałem.

— A ile ty masz lat, babciu? — spytałem wreszcie.

— Osiemdziesiąt sześć.

— A pożyjesz jeszcze osiem, dziewięć lat?

— Przy odrobinie szczęścia może mi się udać.

— Musisz — powiedziałem. — Bo wtedy ja już będę bardzo stary myszem, ty bardzo starą babcią i spokojnie umrzemy obydwoje.

— To byłoby bardzo dobre — zgodziła się.

Chyba zdrzemnąłem się chwilkę, tak mi było dobrze, a ze snu wyrwały mnie słowa babci:

— Chcesz, żebym ci opowiedziała coś bardzo interesującego o tobie?

— Tak, babciu, proszę — powiedziałem, nie otwierając oczu.

— Z początku nie mogłam w to uwierzyć, ale to chyba prawda.

— Ale co takiego?

— Mysie serce, to znaczy: twoje serce, uderza pięćset razy na minutę. Czy to nie zdumiewające?

— To w ogóle niemożliwe — powiedziałem, otwierając oczy.

— Zaklinam się, że to prawda. Prawdziwy cud, mam rację?

— Ale przecież to by znaczyło, że uderza odrobinę więcej niż osiem razy na sekundę — zawołałem, szybko obliczywszy w pamięci.

— Słusznie. Twoje serce bije tak szybko, że nie da się odróżnić pojedynczych uderzeń i jest tylko jeden miękki szmer.

Miała na sobie aksamitną suknię, która drażniła mnie w nos, tak że musiałem go ułożyć na łapkach.

— A czy ty słyszałaś ten szmer?

— Często. Słyszę go, jak leżysz w nocy na poduszce tuż obok mnie.

Teraz na dłużej zamilkliśmy przed ogniem huczącym na kominku i myśleliśmy o tych wszystkich dziwnych rzeczach.

— Kochanie — odezwała się w końcu babcia — na pewno nie jest ci przykro, że do końca życia zostaniesz myszem?

— Zupełnie nie. To nieważne, kim się jest, jeśli tylko ktoś cię kocha.

Do roboty!

Na kolację babcia miała omlet i jedną kromkę chleba, a ja kawałek wspaniałego norweskiego sera koziego, *gjetost*, który uwielbiałem. Jedliśmy przed kominkiem; babcia siedziała w fotelu, ja na stole, a przede mną leżał ser na małym talerzyku.

— Babciu — spytałem — skoro pozbyliśmy się już najważniejszej wiedźmy na świecie, to czy powoli wszystkie poznikają?

— Z pewnością nie — odpowiedziała zdecydowanie.

Przestałem jeść i spojrzałem na nią.

— Ale przecież muszą! Muszą!

— Obawiam się, że nie.

— Ale bez Superwiedźmy skąd one teraz będą brały pieniądze? Kto będzie wydawał im rozkazy na corocznych zebraniach, straszył je i wymyślał te wszystkie wstrętne receptury?

— Kiedy umiera królowa pszczół, w ulu jest już zawsze gotowa następczyni — powiedziała babcia. — Tak samo jest z wiedźmami. Tam, gdzie mieszka Superwiedźma, gdzieś z boku siedzi sobie inna, która czeka na swoją kolej.

— Nie!!! — zawołałem. — Czy to znaczy, że wszystko, co zrobiliśmy, było na darmo? Niepotrzebnie stałem się myszem?

— Ocaliliśmy angielskie dzieci. Naprawdę uważasz, że to nic?

— Wiem, wiem — powiedziałem niecierpliwie — ale co z tego? Miałem nadzieję, że wszystkie inne wiedźmy będą znikać jedna po drugiej teraz, kiedy nie mają już przywódczyni. A ty mi mówisz, że wszystko będzie po staremu.

— Nie całkiem po staremu. Na przykład w Anglii nie ma już wiedźm. To wielkie zwycięstwo, prawda?

— A co z resztą świata? Co z Ameryką, Francją, Holandią, Niemcami? Co z Norwegią?

— Nie myśl sobie, że siedzę teraz z założonymi rękami. Wiele przez ten czas rozmyślałam nad tą sprawą.

Spojrzałem uważnie na babcię, kiedy to mówiła, i spostrzegłem, że w kącikach jej oczu i ust czai się uśmieszek.

— Z czego się śmiejesz, babciu? — spytałem.

— Mam dla ciebie ciekawe nowiny.

— Jakie?

— Opowiedzieć ci wszystko od samego początku?

— Tak, tak. Bardzo lubię ciekawe wiadomości.

Skończyła omlet, spróbowała odrobinkę mojego sera, potem otarła wargi serwetką i rzekła:

— Jak tylko wróciliśmy do Norwegii, zadzwoniłam do Anglii.

— A do kogo, babciu?

— Do szefa policji w Bournemouth, kochanie. Przedstawiłam mu się jako główny policjant w całej Norwegii i powiedziałam, że potrzebne mi są pewne informacje o gościach hotelu Magnificent.

— Zaraz, zaraz, babciu — przerwałem. — Jak

ktoś w Anglii mógł uwierzyć, że ty jesteś
po-li-cjan-tem?!

— Pewnie, że mi uwierzył. Bardzo dobrze na-
śladuję męski głos. Powiem ci więcej, dla komisa-
rza z Bournemouth to był wielki zaszczyt, że dzwo-
ni do niego ktoś, kto ma pod sobą całą policję
norweską.

— No i o co konkretnie spytałaś?

— O nazwisko i adres damy, która mieszkała
w pokoju czterysta pięćdziesiątym czwartym, a potem zniknęła.

— Superwiedźmy!

— Tak, kochanie!

— I podał ci?

— Oczywiście. Jeden policjant zawsze pomoże drugiemu.

— Babciu, ale ty masz nerwy.

— Chciałam tylko adres.

— Znał go?

— Znał. W jej pokoju znaleźli paszport z adresem, który był zresztą wpisany także w książce hotelowej, gdzie każdy gość podaje adres przy zameldowaniu.

— Ale przecież z pewnością nie podała prawdziwego nazwiska i adresu! — zawołałem.

— A dlaczego niby nie? Nikt na świecie, z wyjątkiem wiedźm, nie wiedział, kim jest naprawdę. Wszyscy widzieli w niej miłą, uroczą panią. Ty byłeś jedyną poza wiedźmami osobą, która zobaczyła ją bez maski. Tam, gdzie mieszkała, wszyscy uważali ją za uprzejmą i bogatą baronową, która hojnie wspiera akcje dobroczynne.

Poczułem podniecenie.

— Więc ten adres, który dostałaś, to siedziba Superwiedźmy!

— Tak. I tam będzie też z pewnością mieszkać nowa Superwiedźma w otoczeniu swych pomocniczek.

— Gdzie jest ta siedziba? Gdzie, babciu? — zawołałem niecierpliwie.

— W zamku. A najbardziej interesujące, że w tym zamku muszą być nazwiska i adresy wszystkich wiedźm na całym świecie, bo jak inaczej Superwiedźma mogłaby rządzić swymi podwładnymi? Jak miałaby zwoływać je co roku na zebranie?

— A gdzie ten zamek, babciu? W jakim kraju? Powiedz mi szybko.

— Sam zgadnij.

— W Norwegii!

— Trafiłeś za pierwszym strzałem. Wysoko w górach, niedaleko małej wioski.

Co za ekscytująca wiadomość! Zatańczyłem na

stole. Babcia także była podniecona. Wstała z fotela i zaczęła się przechadzać po pokoju, stukając laską o dywan.

— Mamy więc robotę do wykonania — oznajmiła. — Ty i ja! I to nie byle jaką. Jakież to szczęście, że jesteś myszem. Mysz może dostać się wszędzie. Muszę cię tylko zawieźć w pobliże ich zamku, a ty wśliźniesz się do środka i będziesz mógł poznać ich najbardziej sekretne plany.

— Tak! Tak! — zawołałem z entuzjazmem. — Nikt mnie nigdy nie dostrzeże! Dla mysza poruszanie się po wielkim zamku to dziecięca zabawka w porównaniu z ciasną, zatłoczoną kuchnią.

— Możesz tam zostać kilka dni, jeśli będzie trzeba! — dorzuciła babcia. Była tak podekscytowana, że zaczęła wywijać laską i przypadkowo strąciła piękną wazę, która z brzękiem rozbiła się o podłogę. — Mniejsza z tym — machnęła ręką. — To tylko Ming. Co tam dnie, możesz spędzić w zamku całe tygodnie, a one nic o tym nie będą wiedziały! Ja wynajmę sobie pokój w wiosce i każdego wieczoru będziesz mógł się do mnie zakradać, żeby zjeść kolację i opowiedzieć, co się wydarzyło.

— Jasne! Jasne! A w tym zamku wszędzie będę mógł zajrzeć!

— Ale twoje główne zadanie — oświadczyła uroczyście babcia — będzie oczywiście polegało na tym, żeby wszystkie tamtejsze wiedźmy zniszczyć.

— A jak ja mam to zrobić?

— Nie domyślasz się jeszcze?

— Nie. Powiedz mi.

— Magiczny przemieniacz! — wykrzyknęła. — Receptura 86. Nalejesz im płynu do jedzenia i wszystkie zamienią się w myszy. Pamiętasz przepis?

— W każdym szczególe. Myślisz, że sami to zrobimy?

— A czemu nie? Jeśli one mogą, to i my potrafimy. Trzeba tylko wiedzieć, jakie są składniki.

— A kto wejdzie na drzewo, żeby wyjąć burczakowi jajko z gniazda?

— Ja! — wykrzyknęła babcia. — Nie martw się, jestem stara, ale jara.

— Może jednak jak to zrobię — zasugerowałem nieśmiało. — Wolałbym, żebyś nie spadła.

— To szczegóły! — Babcia znowu niecierpliwie machnęła laską, ale tym razem niczego nie zbiła. — Takie drobiazgi nie mogą nam przeszkodzić.

— A co potem? — spytałem. — Kiedy już zamienimy w myszy nową Superwiedźmę i jej orszak?

— Wtedy zamek opustoszeje, będę więc mogła się tam do ciebie przyłączyć i...

— Zaraz, babciu, stop! Przyszła mi do głowy bardzo nieprzyjemna myśl.

— Jaka nieprzyjemna myśl?

— Kiedy Receptura 86 mnie przemieniła, to przecież nie stałem się normalną myszą, którą można złapać w pułapkę. Stałem się myszem, inteligentnym, mówiącym stworzeniem, które jak najdalej będzie się trzymać od wszystkich pułapek. — Babcia znieruchomiała. Natychmiast pojęła, do czego zmierzam. — Jeśli więc teraz użyjemy tej mikstury, żeby zamienić w myszy nową Superwiedźmę i jej przyboczne, w zamku zaroi się od bardzo groźnych, myślących, mówiących, sprytnych i przewrotnych myszy. Dalej będą wiedźmami, tyle że w mysim przebraniu. I nie wiadomo, czy to aby jeszcze nie gorsze.

— Na Boga! — zawołała. — Masz rację! Że też mnie nie przyszło to do głowy.

— I myślę, że to wcale nie jest dobry interes, żeby objąć w posiadanie zamek pełen wrednych, mądrych myszy.

— Masz rację. Trzeba się ich pozbyć. Trzeba je wygnieść albo pociąć na kawałki jak Majestic.

— Ja tego nie zrobię, a obawiam się, że i ty nie dasz rady, babciu. A pułapki na nic się nie zdadzą. Ale, ale, z pułapkami nawet sama Superwiedźma się pomyliła, prawda?

— Tak, tak — przytaknęła niecierpliwie babcia — ale ona już mnie w tej chwili nie interesuje. Szybko dopadł ją kuchmistrz. Chodzi o nową Superwiedźmę i jej sztab. Ona jest dostatecznie niebezpieczna przebrana za układną damę, ale pomyśl tylko, ile zła mogłaby narobić jako mysz. Wszędzie mogłaby się zakraść.

— Mam! — Z radości wyskoczyłem w powietrze. — Znalazłem!

— To mów!

— Rozwiązaniem są KOTY!!! Trzeba sprowadzić koty!

Babcia popatrzyła na mnie, a potem po jej twarzy rozlał się uśmiech.

— Genialne! Po prostu genialne!

— Wystarczy pół tuzina kotów — wołałem — a w pięć minut uporają się ze wszystkimi myszami, niechby i najbardziej sprytnymi.

— Jesteś niezwykły!

Babcia w zachwycie zaczęła znowu wymachiwać laską.

— Babciu, uważaj, żeby nie poleciała następna waza!

— Do diabła z wazami! Jestem taka zachwycona, że mogę je wszystkie potrzaskać.

— Tylko jedno! Będziesz musiała być zupełnie pewna, że już jestem daleko, zanim wypuścisz koty!

— Przyrzekam!

— A co zrobimy, jak koty wyłapią już wszystkie te myszy? — spytałem.

— Zabiorę koty z powrotem do wioski i będziemy mieli cały zamek tylko dla siebie.

— A potem?

— Zbadamy archiwa i ustalimy nazwisko i adres każdej wiedźmy na świecie.

— A potem? — spytałem, a cały aż dygotałem z podniecenia.

— A potem, kochanie, dopiero czeka nas prawdziwa misja! Spakujemy się i ruszymy w świat! W każdym kraju będziemy odnajdywać domy, w których mieszkają wiedźmy, i będziemy się dostawać do każdego po kolei, i zostawiać po kropelce Receptury 86 w chlebie, płatkach, budyniu czy co tam znajdziemy na wierzchu. I to dopiero będzie prawdziwy triumf! Triumf niebywały, niezwykły, a wszystko to zrobimy tylko we dwoje: ty i ja! Jedno ci powiem: mamy co robić aż do końca życia. — Babcia uniosła mnie ze stołu i ucałowała w nos. — Och, jacy my teraz będziemy zapracowani przez następne tygodnie, miesiące i lata.

— Tak! — krzyknąłem. — Ale to będzie ciekawe i podniecające!

Babcia pocałowała mnie raz jeszcze.

— Sama nie mogę się już doczekać!!!

Spis treści

ROALD DAHL

URODZONY Llandaff, Walia, 1916

SZKOŁY Llandaff Cathedral School, St Peter's, Repton

ZAJĘCIA przedstawiciel Shell Oil Company na wschodnią Afrykę, pilot myśliwca RAF-u w czasie drugiej wojny światowej, attaché lotniczy, pisarz

Podobnie jak babcia bohatera tej opowieści, rodzice Roalda Dahla byli Norwegami. On sam spędził wiele wspaniałych wakacji w Norwegii i liczne szczegóły dotyczące tego kraju pochodzą z jego dziecięcych doświadczeń. Postać babci jest wzorowana na matce autora.

W sypialni dzieci Roalda Dahla z sufitu zwieszało się pięćdziesiąt różnokolorowych kulek. Ojciec tłumaczył im, że jest to ochrona przed wiedźmami, gdyż nawet jeśli któraś zakradnie się w nocy, to ucieknie przerażona swym odbiciem.

Roald Dahl zmarł w 1990 roku w wieku siedemdziesięciu czterech lat.

Oto jego życiowe motto:

Moja świeca z dwóch końców płonie,
Nie przetrwa nocy, za krótki knot,
Lecz przyjaciołom i wrogom moim
Nim się wypali, da światła moc.

Więcej informacji o Roaldzie Dahlu znajdziesz na stronie
www.roalddahl.com